NHK 100分 de 名著 ブックス

良寛詩歌集

Ryōkan

「どん底目線」で生きる

中野東禅

NHK出版

はじめに――「どん底目線」と「徹底した言語化」

「良寛」という名を聞くと、多くの人は子どもたちと一緒に手まりをつきながら遊ぶ温厚な老僧の姿を思い浮かべることでしょう。しかし、その思想や生きざまについて問われると、意外に答えに窮する人が多いのではないでしょうか。

良寛の名前が全国に知られるようになったのは大正七年（一九一八）、新潟県糸魚川《いといがわ》出身の良寛研究家で「早稲田文学」編集者を務めたこともある相馬御風《そうまぎょふう》＊1の著書『大愚良寛』が出版されたのがきっかけです。その後、現在に至るまで、良寛についての伝記や児童書が数多く出版されていますが、そのほとんどはこの本が元になっていると考えていいでしょう（そして、その『大愚良寛』の大本となったのが、良寛と生前親交があった解良栄重《けらよししげ》＊2によって書かれた『良寛禅師奇話』です）。

良寛の伝記や逸話集を読むと、諸国を放浪したことや、寺には属さずに生涯乞食《こつじき》僧として自由な生き方を貫いたこと、優しい人柄でみんなに慕われたこと、漢詩や和歌を愛したことなど、おおよそのプロフィールや人柄についてはわかります。しかし、彼自身は生前自分のことをほとんど語りませんでした。

だからこそよけいに好奇心をそそるのでしょう。今も出身地の新潟には熱心な良寛研究家、良寛ファンが多く、地元には市井《しせい》の研究家たちの手による膨大な数の研究書や資料が存在します。そうした良寛研究書のすべてを読破したわけでもなく、「全国良寛会」に所属してもいない私が、良寛についてあれこれ語るのは心苦しい限りですが、本書では同じ仏道を志す者としての視点や解釈で、彼の魅力を解説させていただければと思っています。

仏教的な視点で良寛の生きざまを理解しようとした場合、以下のようないくつかの疑問が浮かび上がってきます。まずは「なぜ出家しようとしたのか?」という疑問です。良寛は越後国出雲崎《いずもざき》の名主の家の長男として生まれましたが、十八歳のときに家を飛び出して僧の道を自ら選んでいます。何不自由のない生活から何も持たない暮らしへと、彼を向かわせたものはいったい何だったのでしょうか。

また、良寛は生涯にわたって自分の寺というものを持つことなく、故郷に戻ってからも乞食僧として生きる道を選んでいますが、そこには「なぜ乞食に徹した生き方を選択したのか?」という疑問も生じます。

さらに、僧侶は説法や説教という形で、仏の道を言語化して民衆に伝えるのが一般的なのに、良寛はほとんど説教を行うことがなく、その代わりに約五〇〇首の漢詩と約一四〇〇首の和歌を残しています（数え方によって数字は異なる場合もあります）。それを知ると「なぜ表現活動にこだわり続けたのか？」という疑問もわいてきます。

これらの疑問を解いていくためには、二つのキーワードが重要になると私は考えています。まず一つ目は「どん底目線」です。良寛は誰に対しても決して偉ぶることなく、常にどん底の立ち位置から社会や人間を観察し、批判眼と許しの眼をもって他者に接しました。このどん底目線はどこからきたものなのか、それを知ることで良寛の目指した「悟り」とは何なのかが見えてくるはずです。

二つ目のキーワードは「徹底した言語化」です。良寛はどん底目線から見たもの、感じたものを自分の心の中だけに留めておくのではなく、常に漢詩や和歌で言語化しようと試みています。その理由を探ることで、今度は良寛の表現活動の根っこにあるものが見えてくるでしょう。

本書では、この二つのキーワードを手がかりに、「誰に対しても優しくて自由気ままに生きた」というような良寛の表層的な部分から一歩踏み込んで、「求道者」としての良寛の精神世界や思想について解説させていただこうと思います。なお、本書の『良寛詩歌集』というタイトルは、良寛の残した漢詩や和歌の総称として便宜的につけたもので、良寛自身はまとまった著書を一冊も残していないということを申し添えておきます。

＊相馬御風
一八八三〜一九五〇。新潟県糸魚川生まれの文学者。早大卒。雑誌「早稲田文学」を拠点に自然主義文学運動を推進。一九〇七年早大校歌「都の西北」を作詞。一六年故郷に退住、良寛研究に没頭した。

＊解良栄重
一八一〇〜五九。牧ケ花村（現在の新潟県燕市牧ケ花）の庄屋十三代目。父の代から解良家は良寛の庇護者で、栄重も幼少から良寛を知る。『良寛禅師奇話』は栄重が後年、自身の見聞を中心に良寛逸事を記したもの。

※本書における良寛の漢詩・和歌・書簡の引用は、『日本人のこころの言葉　良寛』（創元社）をはじめとする著者・中野東禅の著書や資料によりますが、飯田利行『定本　良寛詩集譯』（名著出版）、東郷豊治編著『良寛全集（上・下）』（東京創元社）などの先行研究も参考にしました。また読みやすさを考慮して、かな遣いは現代かな遣いとし、漢字は新字体を用いたほか、一部漢字をひらがなに変更したところがあります。

新潟県良寛関係地図

0
5km
N
日
本
海
信濃川
弥彦山
弥彦神社
新潟市
岩室
越後線
弥彦
北吉田
弥彦
矢作
吉田
弥彦村
弥彦線
弥彦線
乙子神社
五合庵
国上寺
国上山
南吉田
解良家
分水
阿部家
原田家
粟生津
燕市
照明寺密蔵院
分水
大森子陽の墓
寺泊
中村家
寺泊
郷本空庵
帰郷して最初に住んだ庵跡
桐原
大森子陽の三峰館
に通うために寄宿
良寛墓所
隆泉寺
木村家
塩入峠
小島谷
妙法寺
越後線
和島
三輪家
良寛堂
光照寺
良寛生家橘屋跡
中之島
上越新幹線
出雲崎
中之島見附IC
出雲崎町
与板
長岡市
小木ノ城
出雲崎
押切
良寛が出家した禅寺
貞心尼草庵
三島
閻魔堂
信越本線
北陸自動車道
柏崎市
石地
北長岡
長岡JCT
礼拝
長岡IC
長岡
長岡

目次

第1章——ありのままの自己を見つめて

昼行灯と呼ばれた少年時代

良寛は宝暦八年（一七五八）、越後国出雲崎（現在の新潟県三島郡出雲崎町）の名主《なぬし》・橘屋山本家の七人きょうだいの長男として生まれました。同時代の俳人としては五歳年下の小林一茶《いっさ》[*1]がいます。良寛という名は出家してからの僧名で、幼名は栄蔵《えいぞう》、元服後の俗名は文孝《ふみたか》といいます。当時の出雲崎は、金山と流刑の島であった佐渡と本州を結ぶ重要な港町、北陸道の宿場町として賑わっていました。良寛の実家は名主として、また石井《いわい》神社の神職として地域のとりまとめを行うほか、廻船業や本陣（大名が参勤交代の際に泊まる宿）などを手広く営んでいました。

少年時代の栄蔵は、素朴で人を疑うことを知らない子どもだったようで、こんな逸話が残されています。

ある朝、栄蔵少年が朝寝坊をして父親の以南《いなん》[*2]に叱られたときのこと。栄蔵は人を上目遣いで見る癖があったらしく、このときも小言を言い続ける父の顔を上目遣いで見上げてしまいます。それを見た父親は「親を睨《にら》むようなやつは、カレイになってしまうぞ」と叱りつけたとか。越後には「鰈《かれい》かわいや　背中に目鼻　親をにらんだ　そのバチだ」という子守唄があるため、思わずそういう言葉が出てしまったのでしょう。

父に叱られた栄蔵は、よほどショックだったのか、家を飛び出して夕方になっても戻ってきません。心配した母親が近所を探してみると、栄蔵は海辺の岩陰にしゃがみこんでいました。それを見つけて「何をしているの？」と母親が声をかけると、「母ちゃん、オレ、まだカレイになっていないか……」と真顔で尋ねたそうです。素直な栄蔵少年は、父親の「カレイになるぞ」という言葉を真に受けてしまったのです。

万事につけて、素直で馬鹿正直だった栄蔵は、動作がのろく引っ込み思案だったこともあって「橘屋の昼行灯《ひるあんどん》」などとあだ名されていたようです。

しかし、一方で栄蔵は知的好奇心旺盛で、勉学には熱心でした。ある盆踊りの夜、部屋に籠《こも》って本ばかり読んでいる栄蔵を気にした母親が、「たまには外に出て、踊りでも見ておいで」と勧めたところ、彼はふらりと家から出て行きます。しかし、何時間か経って母親が庭の暗闇にふと眼をやると、そこには石灯籠の明かりを頼りに『論語』[*3]を読みふけっている栄蔵の姿がありました。

また、どんな本を与えてもすぐに読み終えてしまう栄蔵を困らせてやろうと思った父が、『十三経』[*4]という難解な古典を試しに与えてみたところ、あっというまに読破してしまったという逸話も残っています。

栄蔵少年は博覧強記でした。これは大人になってからの話ですが、山本家の過去帳[*5]の行方が一時わからなくなって困っていたとき、良寛は記憶を元にすらすらと内容を復元したそうです。あるいは、こんなエピソードも残っています。ある親戚の家に泊まったとき、良寛は暇にまかせて「当座帳」[*6]を眺めていました。のちにその親戚の家は火事に遭い、当座帳も一時行方不明になったのですが、このときも良寛は、ほぼ正確に帳面の内容を再現できたといわれています。一目見ただけで記憶できる特殊な能力を持ちあわせていたのかもしれません。

まったく名主に向いていない

読書に熱中する栄蔵の様子を見て、「この子はぼんやりしたところはあるものの、学問をやらせたらものになるかも知れない」と思った父の以南は、隣町の光照寺[*7]の寺子屋に通っていた栄蔵を、十三歳から地蔵堂（現在の新潟県燕市地蔵堂）にあった大森子陽《おおもりしよう》[*8]の家塾「三峰館《さんぽうかん》」（狭川塾《きょうせんじゅく》）に通わせ始めます。大森子陽は、若くして江戸へ遊学し苦労して学問を修め、のちに「北越四大儒」に数えられるようになった儒者でした。三峰館は出雲崎の生家からは離れた場所にあったため、栄蔵は父方の親戚の中村家に寄寓してそこから通うことになりましたが、三峰館で栄蔵はさまざまな学問や思想に触れることになります。

十五歳で元服してからは文孝と名乗ります。十八歳になると文孝は出雲崎の生家に戻り、名主見習いとなります。しかし、政治的な利権や人間関係が複雑に入り交じった名主の仕事は、愚直な文孝には向いていなかったようです。当時の文孝と名主見習い役のミスマッチぶりを示すものとして、こんな話が伝わっています。

ある日のこと、町の船頭が血相を変えて文孝のもとに駆け込んできます。「一体何があったのか？」と尋ねると、新任の佐渡奉行が籠《かご》を船に乗せようとして困っているとのこと。籠を船に積み込むことはできても、籠の轅《ながえ》（籠を担ぐときに使う棒）が長すぎて船の櫂《かい》をこぐことができなかったのです。それを聞いた文孝は、鋸《のこぎり》で轅を切ればよかろうと言い、船頭はそれに従います。当然のことながら文孝は、佐渡奉行の不興を買うことになってしまいました。

また、名主見習いを続けるうちに、文孝は肩書きを守るための権力争いにも疑問を抱きはじめます。

あるとき、町年寄（名主の補佐役）に就任したばかりの敦賀屋長兵衛という若者が、節句の祝いに、帯刀、紋付袴の正装で代官所に挨拶に出かけます。それを知った文孝の父親・以南は「名主である自分をさしおいて代官所に出向くとはなにごとか」と、長兵衛を激しく叱責しました。以南には面子《メンツ》を潰されたという怒りだけでなく、勢力を伸ばしつつあった敦賀屋を今のうちに押さえつけておこうという目論見があったようです。文孝にとって長兵衛は親友の兄という間柄でしたから、父親に叱責される長兵衛の様子を見たときは、いたたまれない気持ちになったことでしょう。

このように、世渡り下手で精神的にも強くなかった文孝は、名主見習いになってわずか数ヶ月で「自分にはこの仕事はとても耐えられない」と考え、幼い頃に寺子屋として通っていた光照寺に逃げ込み、出家を決意するのです。

なぜ出家の道を選んだのか

とはいえ、突然の出家の本当の理由が何だったのかは、今となってははっきりしません。自ら出家を選んだのではなく、何らかのトラブルの責任をとって出家させられたのではないかという説もあるようです。政治的利権や争いごと、役人への気遣いなどが複雑に絡み合った名主の仕事に、ほとほと嫌気がさしたことだけは間違いないと思いますが、それはあくまできっかけであって、出家の道を選んだ理由はもっと深いところにあるように私には思えます。社会的なしがらみの空しさを実感したことで「これは自分が求めている世界ではない」と直感的に察知し、反動的に、「自分が求めている精神世界は何なのか」という問いに至ったのではないでしょうか。社会の矛盾を体験する中で、それまで気づいていなかった自分の本音、つまり「自己の根源的な問いかけ」が見えてきた。だからこそ、文孝は出家という思い切った行動を起こしたのではないかと思うのです。

文孝にとって出家は、地位や名誉や財産などすべてを失うことを意味しました。心理学用語に「対象喪失」という言葉があります。定年退職やリストラで仕事を失うことや、病気や事故で体の一部を失うことはもちろん、家族やペットを失うことなども対象喪失に含まれます。人間は誰しも大切なものを失うと、無力感や哀しみを強く感じることになります。しかし、私たち仏教者は、それを越えた先には「喪失によって見えてくる真実」があると考えます。何かを失うことによって、今までは見えなかった何かが見えてくるのです。

たとえば、長年勤めた会社を定年退職した人の多くは、肩書きや地位を失ったことに対する喪失感をしばらくは味わうことになります。しかし、時間が経つにつれて喪失感は薄らいでいき、やがてはすべてを取り払った後に残る「本当の自分とは何か」を深く考えるようになっていきます。現役時代には考えもしなかった思考がそこに生まれてくる。それが「気づき」です。文孝が出家の道を選んだのも、すべてを捨てることで、何かが見えてくるのではないか——と、ひらめいたからだと思われます。

十八歳の七月に文孝は、かつて通った寺子屋だった光照寺に入ったものの、すぐに得《とく》度《ど》（僧侶になるための出家の儀式）を受けたわけではありません。四年間小僧として修行した後、二十二歳のときに光照寺住職の師である国仙《こくせん》*9和尚の下で得度を受けています。国仙和尚は備中玉島《びっちゅうたましま》（現在の岡山県倉敷市玉島）にある円通寺の住職で、東北地方へ巡錫《じゅんしゃく》する途中、光照寺にしばらく滞在したと伝えられています。

得度の際に国仙和尚から授けられたのが「大愚良寛」という僧名です。大愚という号は、愚鈍ととらえられがちですが、馬鹿に見えるくらい正直で誠実であることも意味しています。良寛が利発ですばしこい人柄ではなく、物事を真剣にじっくり考える一面があることを国仙和尚が見抜いて名付けたのでしょう。

国仙和尚は東北地方を巡って帰る途中に再び光照寺に立ち寄りますが、このときに良寛は和尚に頼み込み、一緒に備中の円通寺へと向かいます。

縁に任せた人生を歩むことを決意する

その後の良寛は、「縁」に身を任せる人生を歩んでいきます。名主の家に生まれたこと、名主見習いの仕事が自分に向いていなかったこと、光照寺で学んだこと――それまでの出来事すべてが、ご縁といってもいいと思いますが、とくに出家してからの良寛は縁のままに生きている印象があります。「縁に身を任せる」というと、自分では何も決めないように感じられるかもしれませんが、そうではないのです。じつは逆に大きな決断力を必要とします。先がどうなるのかまったく見えない深い霧の中に決意を持って飛び込んでいくことを意味するからです。「飛び込んだ力で浮かぶ蛙かな」という句がありますが、それは縁に任せていく肚《はら》の据わりだと思います。蛙は飛び込んで、その勢いで逆に浮き上がってくるのです。

良寛の場合は、まず、名主になる道を捨てて光照寺に飛び込みますが、そのときは、ひらめきと勢いだけで何も見えていなかったはずです。小僧として修行している間も、まだ沈んでいる状態です。しかし、やがて仏教を学ぶなかで「本質」が見えてきて、ふわりと水面に浮かび上がってきます。それでようやく得度を受けて仏門に入ることになるわけです。

備中玉島の円通寺に赴いた良寛は、二十二歳から三十四歳までのおおよそ十二年間、国仙和尚の指導の下、厳しい修行生活を送ることになります。玉島は、倉敷の南の入江に浮かぶ島で（現在は陸続きになっています）、大坂などに物資を運ぶための瀬戸内の水運の要所として発展した港町です。千石船を持つ豪商が多く住んでいたため、そういう人々の要請もあって円通寺が開かれたのでしょう。岩山が連なる白華山《はっかさん》の山腹に建つ円通寺は、加賀の大乗寺《だいじょうじ》*10の系譜にある徳翁良高《とくおうりょうこう》を招聘《しょうへい》して元禄十一年（一六九八）に開山した曹洞宗の寺で、国仙和尚は第十世住職にあたります。良寛は、当時の円通寺での修行の様子をこんなふうに書いています。

円通寺に来たりしより、幾回《いくかい》か冬春《とうしゅん》を経たる。衣《ころも》、垢《あか》づけば手づから濯《あら》い、食、尽きれば城闉《じょういん》に出ず。門前《もんぜん》、千家《せんけ》の邑《むら》、すなわち一人だにも識《し》らず。かつて高僧伝を読みしに、僧は可々《かなり》に清貧なりき。

（円通寺に来てから、何度かの冬と春を経験しました。衣が汚れれば自分で洗い、食べるものがなくなれば、山を下りて町や村に入り托鉢《たくはつ》*11をしました。門前にはたくさんの家がありましたが、親しくなった人は一人もいません。いつだったか禅の高僧伝を読んだことがありますが、僧侶たるものはいずれも清貧に生きています）

良寛は、円通寺で修行を始めたのを機に「清貧」の意味を深く考えるようになり、「清貧こそが世間の苦悩や哀しみのもととなる〝欲望を超える道〟だ」と直感したのでしょう。以後、先人たちを見習って、誰よりも徹底した清貧生活を貫くことになります。いつもぼろぼろの貧しい身なりで托鉢に励んでいた良寛は、不審者に間違えられることも何度かあったようで、こんな逸話が残っています。

ある村で盗難騒ぎがあったときのこと。貧しい身なりで托鉢に出ていた良寛は、村役人に捕らえられてしまいます。もちろん、何も盗んではいませんでしたが、良寛は一言も弁明せずに黙っていました。やがて円通寺の修行僧だとわかって釈放されますが、「どうして弁明しなかったのか？」と訪ねられた良寛は「この身なりでは疑われて当然です。成り行きに任せようと思ったのです」と答えたそうです。なにごとも縁に任せることを信条とし、自らどん底を生きようとした良寛らしいエピソードだと思います。

のちに円通寺時代を思い出しながら書いたこんな詩からも、良寛の修行への真剣な姿勢がうかがえます。

憶《おも》う、円通に在《あ》りし時、つねに歎《たん》じたりき、吾が道の孤《ひと》りなるを。柴《しば》を般《はこ》んで龐公《ほうこう》を憶い、碓《うす》を踏んでは老盧《ろうろ》を思う。朝参《ちょうさん》、あえて後《おく》るるにあらず、晩請《ばんしょう》、つねに徒《と》に先んず。（後略）

（考えてみると、円通寺にいた頃いつも嘆いていたのは、私の求めている道に共鳴する人がいなかったことです。柴を運ぶときは龐公の生き方を思い、臼《うす》で米を搗《つ》くときは老盧のことを思っていました。朝の問答には後れを取らないで質問し、夕べの説法には人

より先に聞きにいったのです〈後略〉

　龐公とは、唐代の禅僧である馬祖道一《ばそどういつ》[12]の下で学んでいた在家居士《ざいけこじ》の道玄龐蘊《どうげんほううん》という人物のことです。龐公は欲望を嫌い、財産をすべて捨てて竹籠を作って生計を立てていたと伝えられています。老盧とは、唐代の禅僧である六祖慧能《ろくそえのう》[13]のことで、中国の禅宗で達磨大師[14]から数えて六番目の祖にあたるためこの名があります。父を早くに亡くした慧能は、母親と一緒に柴を売って生計を立てていましたが、金剛経[15]を聞いたのをきっかけに愛する母親を捨てて禅の道に入り、米搗き小屋で碓（臼）を踏みながら悟りを開いたとされています。つまり、自ら労働して生きて、檀越《だんおつ》（お布施をする仏教徒）の寄付に頼らない古《いにしえ》の高僧の生き方に、良寛は憧れたのです。

　現代語訳の「私の求めている道に共鳴する人がいなかった」という部分が少々気になりますが、これは、ほかの修行僧たちと仲が悪くて孤独だったということではなく、古の禅や風流に強く憧れる良寛に、そこまで徹底して共鳴してくれる人物が周囲にいなかったと理解するのがよかろうと思います。

　良寛が、古の禅や昔の中国の高僧たちに強い憧れを抱くことになったのには、彼が生きた時代も関係しています。

本格的な禅は、鎌倉時代初期に中国から日本に伝わりました。その後、曹洞宗を開いた道元などの活動もあり、鎌倉時代から室町時代にかけて武士階級を中心に広がっていったものの、一時停滞の時代を迎えます。しかし、承応三年（一六五四）に中国から隠元[*16]禅師が渡来して新しい禅（黄檗禅《おうばくぜん》）を日本に伝えたのを機に、禅は再び活力を取り戻していきます。

このときに起こったのが「隠元が伝えた禅と、日本の禅（道元禅）との違いは何か」という問いかけです。そうした疑問から、やがては「道元時代の禅をもういちど見直すべきだ」という「古規復古運動[*17]」が巻き起こります。加賀の大乗寺もこの運動の中心で、その系譜にあった円通寺でも古規復古の空気は濃厚だったはずです。そんな時代に生きていたからこそ、良寛は「禅の本質とは何なのか」と自分自身に深く問いかけ、より根本的で真実なるものに憧れるようになったのです。

厳しいことばかりではなかった円通寺時代

普段は寺に籠って、坐禅、作務《さむ》、読経など、修行三昧の日々を過ごしていた良寛ですが、円通寺時代、何度かは寺を離れる機会があったようです。国仙和尚の東国巡錫に同行して、故郷の出雲崎を訪れて亡くなった母親の三回忌に出席したり、中国地方の寺での「結制安居《けっせいあんご》」（学僧を招いて開かれる勉強会）に参加したという記録が残っています。また、円通寺での修行時代は堅苦しいこと、辛いことばかりではなく、自然を楽しみながら詩や歌を詠んだり、ときには酒を飲む余裕もあったようで、こんな軽やかな詩も書いています。

円通に攀登《はんとう》すれば夏木清《かぼくすず》し、君に杯酒を進む、避暑の情。一樽《いっそん》、酌《く》み尽くして詩賦《しふ》を催《もよお》す、熱さを忘れて更に聞く、暮鐘の声。

（岩の上の円通寺まで登ってみると、夏の木々が涼しい。「君、もう一杯」と酒を勧めて夏の休日を楽しんでいます。酒樽を飲み干して、詩を歌う気持ちになりました。暑さを忘れてほっとしていると、夕暮れの鐘の響きが満ち足りた心を安らかにしてくれます）

ちなみに良寛は大のお酒好きでしたが、飲んで乱れるようなことはなかったようです。

諸国行脚の乞食旅へ

寛政二年（一七九〇）、良寛は三十三歳のときに国仙和尚から「修行を成就した」と認められ、「印可《いんか》の偈《げ》」(詩)と杖を授けられます。この印可の偈は、以下のようなものでした。

良や愚の如く、道、うたた寛《ひろ》し。騰々運《とうとううん》に任せ、誰か看《み》ることを得ん。ために付す、山形爛藤《さんけいらんとう》の杖。至る処の壁間《へきかん》、午睡閑《ごすいかん》なり。
(良寛は愚人のようであるが、その仏道の精神は広々としている。その輝きの力は、生き生きとしていて仏縁に任せてなりきっているので、その心は誰にも理解できない。だから、山のようにゴツゴツした藤蔓《つる》の杖を付与して悟りの証明にしよう。どこに行っても壁に掛けて、いつもの君のようにゆったりと昼寝をしたまえ)

「午睡閑」という言葉からは、修行中にも居眠りしていた良寛の姿が眼に浮かびますが、愚かな行動が目立つ一方で、良寛は真剣に仏道を追究しようという気持ちを人一倍強く持っていたはずです。この詩を読むと、国仙和尚だけは、そうした良寛の本質や人柄をちゃんと見抜いていたことがわかります。

良寛に印可の偈と杖を授けた翌年、国仙和尚は遷化《せんげ》(逝去)し、同じ系譜の玄透即中《げんとうそくちゅう》[*18]老師が円通寺の住職に就任します。この即中和尚はのちに永平寺[*19]の住職となり、衰退していた永平寺を復興させることになる人物です。良寛は、三十四歳のときに十二年を過ごした円通寺を出て、諸国行脚《あんぎゃ》の生活に入ります。

諸国行脚とは、野宿をしたり、民家の軒先や納屋で仮眠をとりながら、托鉢だけに頼って各地を放浪する、いわば乞食《こつじき》旅です。印可の偈を授かったということは修行を終えたことを意味しますが、禅宗の場合は、それだけでは僧侶としての「悟り」が心底身に付いたとは認められません。本当の悟りとは、世俗の中に身を置いて人々の汚れた生活に寄り添い、命の根底から「脱落・徹底」することで初めて得られると考えられています。世間に紛れて人間修行することを禅宗では「聖胎長養《しょうたいちょうよう》」あるいは「悟り後の修行」と呼んでいます。

良寛は三十九歳で故郷の越後に帰るまでの約五年間、諸国行脚を続けることになりますが、この期間こそが良寛にとっての「聖胎長養」だったと考えていいでしょう。

諸国行脚中の資料はほとんど残っていないため、良寛がどこでどんな生活を送っていたのかははっきりしません。ただ、研究者の間では、土佐にもいたのではないかという説が語られています。その根拠は、備中玉島出身の国学者・近藤万丈[*20]の著書『寝覚の友』です。そこには、万丈が二十三歳の頃に土佐に旅したときのこととして、次のような内容が書かれているのです。

高知の城下から三里ほど手前を歩いているとき、突然雨に降られた。粗末な小屋に雨宿りのために駆け込むと、青白く痩せこけた僧が囲炉裏の前に座っていた。「雨宿りのために泊めてほしい」と頼むと、その僧は「食べ物も寝具もないが……」と言ったが、「雨さえしのげれば何もいりません」と無理を言って泊めてもらった。その夜、僧はほとんどしゃべることがなく、何か話しかけても静かに微笑むだけだった。

翌朝、僧は香煎《こうせん》（煎った麦の粉を湯で溶いたもの）を作って食べさせてくれた。食べ終えてふと机の上に目をやると、そこには『荘子』が置かれていて、本を開いてみると達筆の書が挟み込まれていた。あまりの書の素晴らしさに「この人はただ者ではない」と感じて、二本の扇子を指し出して賛を頼んだところ、僧は鷲と、富士の絵を描いてくれた。絵の端を見ると「かく言うものは誰ぞ、越州の産・了寛《（ママ）》」と記されていた。

良寛はまた、京都にもかなりの年月とどまっていたと推測されます。京都・大徳寺[*21]の宗龍禅師のもとを良寛が訪ねたという話が伝わっているのがその根拠です。京都には禅宗の道場がたくさんあり、臨済宗も曹洞宗も当時は同じ禅宗として行き来が多く、それぞれの道場では宗派にこだわることなく行脚の僧を受け入れ修行を共にしていたといわれます。道場では修行僧の食べ物は寺側が用意する決まりとなっていたため、行脚中の修行僧にとって京都は居心地のよい場所だったのです。

また、良寛は諸国行脚の間も、故郷とは連絡を取り合っていたらしく、父親の以南が京都で入水《じゅすい》自殺したときには四十九日法要に駆けつけたという話も伝わっています。当時、良寛の九歳年下の弟である香《かおる》*22が、京都で儒学者として公家に仕えていました。以南はその縁で上京したのですが、目的は尊王論の考え方を記した自著『天真録』を世に問うことだったようです。しかし、幕府の迫害を受けて『天真録』を受け入れてもらえなかったため、それを苦にして桂川に身を投げたとされています。以南はさまざまなことに関心を抱いていた教養人で、政治についても自分なりの意見をもっていたのでした。

なぜすぐに帰郷しなかったのか

良寛は、土佐や京都に滞在しながら、結局は五年間も乞食旅を続けることになりますが、いくら修行とはいっても長すぎる気もします。なぜ、それほどまで長く放浪を続け

良寛略年譜(前半生)

西暦 元号 年齢(※数え年) ※一部に異説があります

西暦	元号	年齢	
1758	宝暦8	1	越後出雲崎の名主、橘屋山本家の長男に生まれる
59	宝暦9	2	……父・以南、石井神社の神職を継ぐ
60	宝暦10	3	……妹・むら(長女)生まれる
62	宝暦12	5	……弟・由之(次男)生まれる
63	宝暦13	6	……〈出雲崎、幕府の直轄地となる。小林一茶生まれる〉
64	明和1	7	この頃、光照寺の寺子屋に学ぶ
67	明和4	10	……弟・香(三男)生まれる
69	明和6	12	……妹・たか(次女)生まれる
70	明和7	13	中村家に寄宿し、大森子陽の三峰館に入塾。弟・宥澄(四男)生まれる
72	安永1	15	元服して文孝と名乗る
75	安永4	18	名主見習い役になる ……以南、敦賀屋と確執 7月18日、出家するため光照寺に家出

生きざまの疑問 ❶ なぜ、出家の道を選んだのか

西暦	元号	年齢	
77	安永6	20	……妹・みか(三女)生まれる
78	安永7	21	弟の由之が名主見習い役となり、文孝は出家を許される
79	安永8	22	来越した国仙和尚について得度し良寛となる 国仙に随行して備中玉島の円通寺で修行生活に入る

生きざまの疑問 ❷ なぜ、縁に任せた人生なのか

西暦	元号	年齢	
83	天明3	26	……母・のぶ没(49歳)
85	天明5	28	亡母の三回忌に帰郷
86	天明6	29	……以南隠居、由之が山本家を相続し、名主となる
90	寛政2	33	国仙から印可の偈を受ける
91	寛政3	34	……国仙没(69歳)。大森子陽没(54歳) **諸国行脚**の旅に出る
		諸国行脚	
95	寛政7	38	……以南、京都桂川に入水自殺(60歳)
96	寛政8	39	北陸道を経て越後に帰る

生きざまの疑問 ❸ なぜ故郷に帰ったのか

る必要があったのでしょうか。

　名主の家に生まれた良寛ならば、地縁や血縁を頼れば、すぐにでも地元の寺に入ることはできたでしょう。見ず知らずの土地であっても同じです。円通寺の縁を頼れば、どこかの末寺の住職になることも可能だったはずです。その証拠に、良寛の友人であった大忍魯仙《だいにんろせん》*23という僧も越後の出身ですが、修行を終えた後は、国仙和尚の出身地である武蔵国矢島村（現在の埼玉県深谷市）の慶福寺の住職となっています。

　話は本題から逸れますが、僧侶が寺の住職になる場合、生まれ故郷の寺ではなく、馴染みのない土地の寺のほうがよいと言われます。

「他国坊主《たこくぼうず》に土地相撲《とちずもう》」という言葉があります。相撲の場合、みなさん同郷の力士を応援しますよね。それは、郷土の英雄として共感を覚えるからです。しかし、僧侶の場合はそれとは逆です。修行を終えて地元に戻ったとしても、地元の人たちからすれば「あいつは、昔はしょんべんたれで泣き虫の子どもだったのに――」という昔のイメージが強いため、なかなか尊敬の念を抱かれにくいのです。ですから、良寛も知らない土地で住職になるのが本当は一番よかったともいえます。でも、最終的には故郷に戻る道を選ぶことになります。

　良寛は諸国行脚の途中、望郷の念をにじませたこんな詩を書いています。

春帰《ゆ》けども、未だ帰るを得ず、杜鵑《とけん》、ねんごろに帰れと勧む。世途《せいと》、みな危険なり、郷里にいつか帰らん。

（春は過ぎたが、まだ帰る気持ちにはなりません。ほととぎすは故郷に帰れと私に勧めます。しかし、帰りの旅はまだまだ問題があります。いつあの故郷に帰ることができるでしょうか）

田植えの時期に南から渡来して、秋に南へ帰っていくほととぎす（杜鵑）は、「不如帰」とも書くので、良寛は帰郷を逡巡する気持ちをほととぎすに重ねようとしたのでしょう。「世途、みな危険なり」とは、道中の物理的な危険ではなく、無一文での旅の難しさを言っているのだと思います。この詩を読むと、良寛の心の中には、いつかは故郷に帰ろうという気持ちが常にあったのだろうとうかがえます。

帰る気があるなら、いつまでも放浪など続けずにすぐに帰ればよさそうなものですが、なぜ、故郷に戻る決心がつかなかったのでしょうか。

おそらく、帰ったところでこれから何をしてどう生きるべきか、今後の目的や役割が自分の中で定まっていなかったのがその理由ではないかと思われます。また、良寛の中に生きる場としてお寺を求める気持ちがなかったのも、すぐに帰郷しなかった理由のひとつと考えていいでしょう。お寺を維持してゆくことや、住職の立場という責任になじめなかったのでしょう。

この先どう生きるべきか、迷いの中にあった頃に詠まれたと思われる詩がこれです。

我が生何処《いずこ》より来り、去りて何処にかゆく。（中略）**尋思《じんし》するも始めを知らず、いずくんぞよくその終わりを知らん。現在もまたまたしかり、展転《てんてん》してもすべてこれ空《くう》。空中にこそ我あり、いわんや是と非とあらんや。些子《さし》を容《い》るるを知らず、縁に随《したが》ってまさに従容《しょうよう》たり。**

（我が命はどこからきてどこへいくのでしょうか。〈中略〉考えても、その始まりがわからないし、終わりもわかりません。だから、現在もわかっていないのです。縁によって転変する生も摑《つか》みようがありませんが、その中にこそ我という真実があるのです。まして、是だの非だのと争うのは空しい。いささかも分別を差しはさむ隙はないのです。ただ、今の縁をよしとし、大切にして生きるだけです）

この詩を読むと、良寛は生きるために立場や地位を求めることには興味がなく、そうした自分の心をごまかすことができないために、居場所が見つからずに苦悩していたことがわかります。とくに「空中にこそ我あり」という箇所には、「空を生き、生かされているそこにこそ、最も輝く〝自己〟がある……それが求道なのだ」という思いが読み取れます。こうした苦悩が、ますます精神の解放を求める「求道の深み」へ良寛を向かわせることになり、気づいたら五年の月日が過ぎてしまっていた、ということなのでしょう。

ようやく諸国行脚を終える決心をして、故郷の越後に向かったのは三十八歳の秋のことです。京都を後にした良寛は、高野山や伊勢神宮などに参詣し、北陸道を通って糸魚川にたどりつきます。良寛は参詣した寺社についての和歌をいくつも残しているため、帰郷の足取りについてはある程度把握できます。帰郷の途中に詠まれたと思われる詩を紹介しておきましょう。

我、京洛《けいらく》を発してより、指を倒す十二支、日として雨の下《ふ》らざるなし。（中略）**舟《せん》子《す》、暁に渡《わたし》を失い、行人、暮に支《みち》に迷う。**（後略）

〈京都を旅立って十二日になりますが、毎日雨が降り続いています。〈中略〉舟子《ふなこ》は舟を流され、旅人は道に迷ってしまいました。〈後略〉〉

一瓶一鉢《いちびょういちはつ》、遠きを辞せず、裙子褊衫《くんすへんさん》、破れて無きがごとし、また知る、囊中一物《のうちゅういちもつ》なきを、すべて風光のためにこの身を誤る。

（水瓶と応量器〈托鉢に使う鉢〉だけを持って遠い道を気にせずにやって来ましたが、衣服はぼろぼろで頭陀袋《ずだぶくろ》の中には何もありません。こんな情けない旅になったのも、風流という精神世界に憧れたために、生きる道を間違えてしまったからです）

自分を見つめる旅で何かが変わった

円通寺時代にも良寛は詩や歌を書いていますが、諸国行脚以降、その数は増えていきます。さらに仏道との対話から、自己との対話、道中の自然との対話まで、内容もぐっと深みを増していきます。なぜ、旅に出てからの良寛は、味わい深い詩歌を数多く作るようになったのでしょうか。

まず考えられるのは、孤独な旅を続けていくうちに、外に向かっていた視点が、どんどん自分の内面へと向かっていったからではないでしょうか。また、何も持たない乞食旅を続けていると、おのずとそれまでとは違った視点でものごとを見るようになります。それが作品に深みを与えることになったとも考えられます。

じつは私も、若い頃に二度ほど乞食行脚を体験したことがあるので、行脚中の良寛の気持ちがなんとなくわかります。裸一貫の旅は辛くて寂しいものです。泊まるところのあてもなく、うつむいて歩いていると、雨の日などは体の芯まで冷えきってしまいます。そのうちに、どこをどう歩いているのかさえもわからなくなり、無性に気持ちが滅入ってくるのです。

しかし、「明日は飯を食べられるだろうか。泊まる場所はあるのだろうか」と不安を感じるのは最初のうちだけで、一度落ちるところまで落ちてしまうと、もう怖いものは何もなくなります。社会のルールも世間体も、すべてのことがどうでもよくなってくるのです。「乞食は三日やったら辞められない」とよく言われますが、それは事実かもしれません。社会から完全に逸脱した存在になってしまうと、不思議と気持ちが解放されて、楽になってくるのです。

ふだん、私たちは毎日決まった時刻に起きて、何らかのルールに従って生きるのが当たり前と思っているのですが、一度そこから外れてみると、ルールに従うのがばかばかしく思えてきます。また、そうした「どん底」の立ち位置から、人間や自然、自分を眺めてみると、明らかにそれまでとは違ったものが見えてきます。

良寛も、そんな心境に至ったのではないでしょうか。乞食暮らしを続けるうちに、

「僧侶はかくあるべし」という理想や、「自分がこれからどこへ行って何をすべきか」といったこだわりが、全部どうでもよくなっていったのではないか——と私には思えるのです。

作品にもそれは如実に表れています。円通寺時代の詩や歌は、古い禅宗のお坊さんたちと同じような表現を使って、なるべく既存のルールやリズムを崩さないように書かれていますが、旅に出てからは、ルールから逸脱し、自由に表現の世界に遊ぶようになっていきます。そう考えていくと、五年間の乞食旅は良寛にとっては決して長すぎるものではなく、「本当の自分、ごまかしようのない自己」を見つけるためには、どうしても必要な時間だったことがわかります。

＊1　小林一茶

一七六三～一八二七。江戸後期の俳人。信濃国柏原村（現在の長野県上水内郡信濃町柏原）生。江戸・西国で俳諧修業。一八一三年帰郷し、妻帯して定住。長女夭逝前後の境地をまとめた『おらが春』ほか、多数の俳諧集がある。

＊2　以南

一七三六～九五？　三島郡与板（現在の新潟県長岡市与板町）の大庄屋・新木家の次男。出雲崎の橘屋山本家の養子に入り、名主・神職を務めた。

＊3　『論語』

孔子及びその弟子たちの言行を録した儒教の根本経典。全二十篇。

＊4　『十三経』

詩経・書経・易経・春秋左氏伝・礼記・論語・孟子など、儒教の最も根本的な経典（経書）十三種の総称。宋代に確定された。

＊5　過去帳

本来は寺院で檀家の死者の戒名（法名）・俗名・死亡年月日・年齢を記した帳簿。江戸時代、檀家制度のもとで成立し、のち在家（家庭）の帳簿もこう呼ぶようになった。

＊6　当座帳

商家で、取引関係の事項について、内容を詳細に分類しないまま、発生順に書き付けておく帳簿。

＊7　光照寺

出雲崎尼瀬にある曹洞宗の寺院。良寛は七歳の頃から、ここの寺子屋で住職の蘭谷萬秀から素読・習字などを学んだという。

＊8　大森子陽

一七三八～九一。地蔵堂生まれ。江戸で徂徠学派（荻生徂徠の儒学［古文辞学］を継いだ学派）の瀧鶴台に学び、一七七〇年帰郷して開塾。のち出羽（山形県）鶴岡に移住。

＊9　国仙

一七二三〜九一。曹洞宗の僧、大忍国仙（大忍は字《あざな》、国仙は諱《いみな》）。武蔵国岡村（現在の埼玉県深谷市岡部町）出身。光照寺住職・玄乗破了の師で、同寺の授戒会に本師として来錫。良寛は国仙の二十九番目の弟子となる。

＊10　大乗寺

石川県金沢市にある寺院。鎌倉時代（十三世紀）に、はじめ真言宗寺院として創建され、次いで曹洞宗の寺となって、現在に至る。

＊11　托鉢

僧が経文を唱えつつ市中・村邑《そんゆう》の各戸の門口に立ち、鉢に食べ物を受ける修行。特に禅宗で重視し、早朝定期的に集団で行う。乞食《こつじき》に同じ。

＊12　馬祖道一

七〇九〜七八八。中唐期の禅僧。四川省の人。俗姓の馬氏から馬祖と通称する。主として江西省に禅を広め、大寂禅師と諡《おくりな》された。

＊13　六祖慧能

六三八〜七一三。唐の禅宗第六代の祖で南宗禅の始祖。広東省の人。諡は大鑑禅師。老盧は俗姓が盧であるところからの尊称。

＊14　達磨大師

菩提達磨の尊称。中国禅宗の開祖で、六世紀頃の人。一説にインド生で、中国に渡って教化に従ったという。晩年少林寺で「面壁九年」の坐禅を行った遺事で知られる。諡は円覚大師。

＊15　金剛経

大乗経典の一つで、「金剛般若波羅蜜経《こんごうはんにゃはらみつきょう》」（鳩摩羅什《くまらじゅう》訳、五世紀初）・「金剛般若経」の略称。この世に存在する一切のものの空・無我を説くところから禅宗で重んじられる。

＊16 隠元禅師
一五九二～一六七三。明の禅僧。名は隆琦《りゅうき》。福州（福建省）黄檗山で修行。一六五四年来日し、黄檗禅（法式・制度をすべて明にならい、念仏禅を行う）を伝え、黄檗宗（本山は京都府宇治市の黄檗山萬福寺）を開いた。

＊17 古規復古運動
江戸時代、禅宗寺院で修行する僧が守るべき規則（清規）について、古く鎌倉時代にまとめられた曹洞宗の高祖・道元の「永平清規」や太祖・瑩山《けいざん》の「瑩山清規」を復活しようとした運動。

＊18 玄透即中
一七二九～一八〇七。名古屋の人。円通寺の後、一七九五年永平寺の五十世貫主となり、古規に則った伽藍の建立、『正法眼蔵』の開版など、曹洞禅の復興に尽力した。

＊19 永平寺
福井県吉田郡永平寺町にある日本曹洞宗の大本山（神奈川県横浜市にある總持寺と合わせて「両大本山」と呼ぶ）。一二四四年道元が開創した大仏寺を、二年後「吉祥山永平寺」と改称した。

＊20 近藤万丈
一七七六～一八四八。良寛が一七七九～九一年に修行した備中・円通寺の門前にあった造り酒屋、菊池家の出身。『寝覚の友』は万丈が最晩年（一八四七）に、文人の逸話や思い出を集めて出版した書。

＊21 大徳寺
京都市北区にある臨済宗大徳寺派の大本山。十四世紀初の創立で、南北両朝、豊臣秀吉、千利休ら貴族・大名・文化人の帰依を受け、江戸幕府とのつながりも保った。

＊22　香

良寛の弟（三男）の山本香（一七六七〜九八）。上京して文章《もんじょう》博士菅原長親の勧学館の塾頭となり、光格天皇に古今集を進講するなど、秀才ぶりが伝わる。

＊23　大忍魯仙

一七八一〜一八一一。出雲崎尼瀬生まれの禅僧。七歳で出家、京都宇治で修行。三十一で夭逝。良寛とは詩友で交わりが深く、お互いを詠んだ詩を二人とも残している。

第2章——清貧に生きる

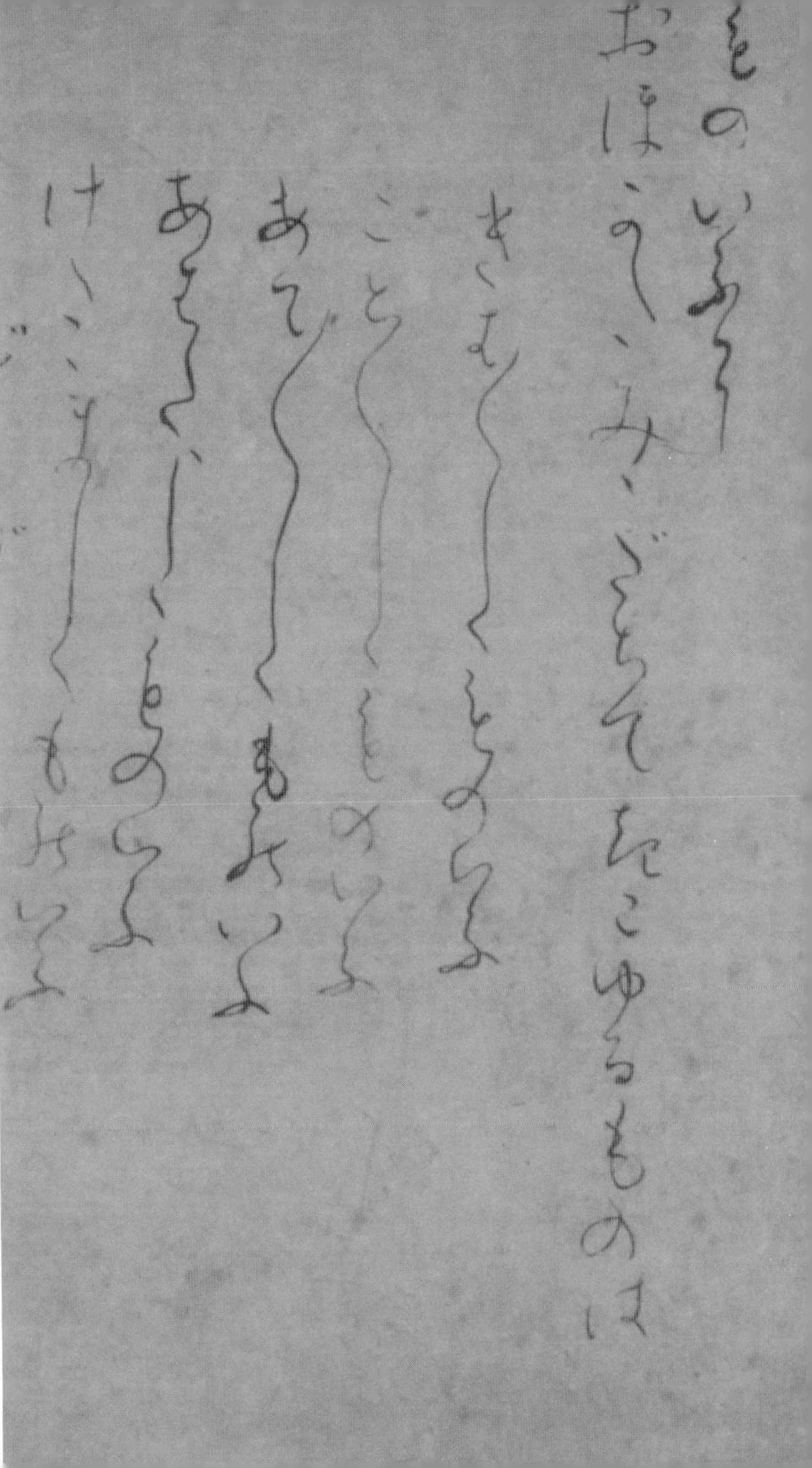

諸国行脚を終えて越後に帰った良寛

晩秋に糸魚川に到着した良寛は、旅の疲れもあってか体調を崩してしまいます。そのときの心細さを、良寛は詩の表題で次のように表現しています。

与《よ》が游方《ゆうほう》、ほとんど二十年、ことし郷に還《かえ》り伊東伊川《いといかわ》に至り、体中不預《ふよ》、客舎に寓《ぐう》居《きよ》す、時に夜雨《やう》蕭々《しょうしょう》。

（私の道を求める歩みは二十年近くになります。今年は郷里に帰ろうと思い立ち、糸魚川まで来ましたが、病気になってしまいました。宿で世話になっていますが、夜の雨が静かに降り続いていて、なんとも心許《こころもと》ないです）

糸魚川で誰の世話になっていたのかは、はっきりしませんが、糸魚川の町に今も良寛の書が数多く残されているところを見ると、泊めてもらったお礼として書を渡しているうちに、「素晴らしい書を書く坊さんがいる」という評判が立ち、いろんな家の世話になることができたのかもしれません。

病気療養のため糸魚川にしばらく滞在した後、良寛は出雲崎と寺泊の間にある郷本《ごうもと》という集落の塩焼き小屋で暮らし始めます。やがてたまたま通りかかった村人が良寛の姿を見つけて「もしや、橘屋の文孝さんではないか？」と噂が立ちはじめます。それが文孝（良寛）本人だとわかると、「国上寺《こくじょうじ》の五合庵が空いているから住んではどうだ」と住居を世話する人が現れます。

国上寺は出雲崎から二十キロほど北の国上《くがみ》（現在の新潟県燕市国上）にある真言宗の古《こ》刹《さつ》で、五合庵というのはその寺域の一角につくられた住職経験者の隠居所のことです。隠居した住職に一日五合の米が寺から支給されていたところからその名がついたようです。

以後、良寛は約二十年間を、この五合庵で暮らすことになります、寺が庵を使用するときは別の草庵に仮寓していたようなので、ずっと住み続けていたわけではありませんが、四十八歳からの十年ほどは五合庵に定住していたと伝えられています。隠居所とはいっても簡素な藁葺《わらぶ》き小屋で、生活には山の湧き水を使い、食べ物は近隣の人々の心付けや托鉢に頼って暮らしていたようです。

五合庵での暮らしぶりを詠んだ詩に、次のようなものがあります。

索々《さくさく》たる五合庵《ごごうあん》、室《しつ》は懸磬《けんけい》のごとく然《しか》り。戸外《こがい》、杉、千株《せんしゅ》。壁上《へきじょう》、偈《げ》、数篇。釜《ふ》

中《ちゅう》、時に塵あり、甑裏《そうり》さらに烟《けむり》なし。ただ東村《とうそん》の叟《そう》ありて、時に敲《たた》く月下《げつか》の門《もん》。

（五合庵は寂しく殺風景で、部屋の中は釣り鐘の中のように空洞で何もありません。庵の外には樹木が鬱蒼《うっそう》と茂り、壁には詩がいくつか貼ってあり、釜の中には埃がたまることもあるし、かまどに煙が立たないこともあります。そんな生活ですが、村の老人が月夜に訪ねてきます）

庵での生活はかなり質素なものだったようですが、この詩からは、帰郷後は故郷の友人たちと交流を持っていたことがうかがえます。たまにではあったにせよ、食べ物をもった友人が庵を訪れて、仏道や詩歌などの風流世界について語り合っていたのでしょう。現代語訳の「壁には詩がいくつか貼ってあり」という記述をみると、紙や墨、筆などの筆記具類も誰かが差し入れてくれていたことがわかります。こうしたことから、乞食生活に徹しながらも、詩作など精神世界の表現活動の面においては意外に豊かだったと推測できます。

やがて国上寺の住職が隠居することになって五合庵を出なければならなくなった良寛は、五十九歳のときに、国上山の麓にあった乙子《おとご》神社の集会場のようなところに移り住むことになります。

故郷に戻ってからの良寛は、日々の何気ない暮らしを詠んだ詩歌を多く書き残しています。

夏草は心のままにしげりけりわれいほりせむこれの庵に
山住みのあはれを誰に語らましあかざ籠《こ》に入れかへるゆふぐれ
さびしさに草のいほりを出《いで》てみれば稲葉おしなみ秋風ぞ吹く

二つ目の歌にある「あかざ」とは、一メートル以上になる一年草で、紅色の若葉は柔らかくて食用になります。良寛は托鉢だけでなく、ときには山に分け入り、山菜や野草などを採って食べていたようです。どの句からも自然の中に一人身を置くわびしさ、やりきれなさが漂うものの、それを言葉として歌い得るということは、一方で、無為静寂の中に身を委ねる風流の世界を心から楽しんでいたようにも感じられます。

枯淡な禅に憧れを抱いていた良寛は、何も持たない生活にそれなりに満足していたようですが、常人の眼から見ると、その暮らしは哀れに映ったのでしょう。あるとき、長岡藩主*1の牧野忠精《まきのただきよ》*2が国上寺に参拝した折に良寛のもとを訪れ、「長岡に寺を建てようと思っているので、来てくれないか」と声をかけます。普通ならば渡りに舟と飛びつくはずですが、良寛は辞退します。そのときに詠まれたのが、次の句です。

たくほどは風がもてくる落葉かな

（わずかな煮炊きに必要な燃料は、風に散る落ち葉で足りるのです）

「風がもてくる落葉」とは、言葉どおりにもとれますが、友人たちや地元の人々の施しや好意を落ち葉にたとえているようにも感じられます。「生きていくためには雨風をしのげる小さな庵があればそれでいい、寺をもつ必要はない」という気持ちを、藩主に失礼にならないよう遠回しに表現したのがこの句です。

昔の仲間や土地の人々との交流を楽しむ

基本的には無為静寂で孤独な世界を好んだ良寛ですが、風流や仏道について語りあう友も何人かいました。そんな友人たちと良寛は、どんな付き合い方をしていたのでしょうか。親しい詩友の一人である海津間兵衛《かいづかんべえ》（号は竹丘《ちくきゅう》老人）が庵を訪問したときのことを、良寛はこんなふうに書いています。

樹杪《じゅびょう》の蟬声《ぜんせい》巌下《がんか》の水、夜来の過雨《かう》、煙塵《えんじん》を絶す。道《い》うことなけん草庵《そうあん》、無一物《むいちもつ》、満窓《まんそう》の涼気《りょうき》君《きみ》に分与《ぶんよ》せん。

（木々の枝に鳴く蟬の声と崖下の水音が聞こえます。昨夜の雨で埃が洗い流されて綺麗になりました。草庵の無一物について繰り言はいいません。窓いっぱいの涼気をあなたに差し上げるから、十分に楽しんでください）

叟《そう》あり、叟あり、山房《さんぼう》に至る。山房、寂々《せきせき》として、日月長《じつげつなが》し。南窓《なんそう》の下《もと》、随意《ずいい》に坐《ざ》し、君《きみ》の瓜《うり》を喫《くら》い、我が觴《さかずき》を挙げん。

（近くの老人が山の庵にやってきました。山中の庵には時間がゆっくり流れています。南向きの縁側で好き勝手に座り、君が持ってきた瓜を食べ、私のところの杯で酒を飲みましょう）

この詩からわかるように、良寛は自分が無一物・清貧であることを嘆いてはおらず、むしろ開き直っているかのように見えます。だからこそ、友人たちもふらりと気楽に庵を訪問することができたのでしょう。もし良寛が貧しい暮らしに悲壮感や苦しさを漂わせていたら、気が引けて逢いに行こうという気持ちにはなりませんよね。良寛が何も持たない庵の暮らしに充足していたからこそ、人々が集まってきたのです。

良寛は、竹丘老人以外にも三峰館時代の旧友、医者、儒者、文人、僧侶など多くの人々と交流を持っていたと伝えられていますが、その中には若い女性の姿もあったようです。六十九歳のとき、良寛は乙子神社を出て、和島村島崎（現在の新潟県長岡市島崎）の木村家[*3]の裏の納屋に住み始めますが、その頃に交流を持つようになった尼僧の貞心[*4]もその一人です。貞心尼は長岡藩士の娘で、良寛より四十歳年下でした。一度結婚したのですが、後に夫と別れ、柏崎の洞雲寺で出家し、縁があって長岡の閻魔堂の堂守をしていました。良寛が万葉集に詳しいと聞き、和歌を学ぶために庵をたびたび訪れるようになったのです。

良寛と貞心尼の関係を示すエピソードとして、こんな逸話が伝わっています。ある夏の日、貞心尼が良寛の庵を訪ねたところ、どうやら留守のようです。庵の中に入ってみると小さな瓶《かめ》に、一輪の蓮の花が生けられていました。それを見て貞心尼は歌を詠みます。

来てみれば人こそ見えね庵《いお》り守《も》りて匂ふ蓮《はちす》の花の貴さ
（庵を訪れてみると、留守の庵を守るように、蓮の花が一輪咲いていています）

ほどなくして庵に戻って来た良寛は、その歌にこう返したと言います。

み饗《あえ》するものこそなけれ小甕《おがめ》なる蓮《はちす》の花を見つゝしのばせ

（おもてなしをするものは何もないので、せめてこの小さな甕に生けた蓮の花で我慢してください）

同じ仏道を志す立場にあって、かつ和歌の唱和*5もできる若い友人を得たことは、晩年の良寛にとって、大きな生き甲斐になっていたものと思われます。

人間に対する批判的な眼と許しの眼

多くの友人と交流を持っていたと聞くと、世俗にどっぷり浸かっていたように思われたかもしれませんが、世俗の人々とも他の僧とも違った独白の世界観、価値観の中に生きていたのが良寛です。独自の価値観を持っていたエピソードとして、こんな話が伝わっています。

ある若い僧が旅の途中の茶屋でお茶漬けを食べていたときのことです。一人のぼろ衣をまとった乞食坊主がそこに現れます。乞食坊主は茶屋の婆さまと顔なじみと見えて、「今日はあいにく何もなくて、ニシンの煮物だけしかないのだけど」と婆さまが言うと、坊主は「それで十分です」と言って、平気でニシンを食べ始めたそうです。それを見た若い僧は、「生臭ものを平気で食べるような、こんな坊主がいるから仏法は廃れるのだ」と心の中でつぶやきます。

若い僧はその日の晩、近隣の農家に頼み込んで泊めてもらうことになりましたが、相部屋になったのが先ほどの乞食坊主でした。蚊帳《かや》を吊った中で眠ろうとしたものの、蚊帳に穴があいていたため、若い坊主はなかなか寝られません。ところが隣の乞食坊主は、蚊に刺されても平気でぐっすり寝ています。朝になって若い僧が乞食坊主に「夕べは蚊がいてなかなか寝ることができませんでしたが、御僧《ごそう》はよく平気で眠れましたね」と尋ねたところ、乞食坊主は「なあに、ニシンが平気で食べられるようになれば眠れますよ」と答えたそうです。この乞食坊主がじつは良寛だったのです。

他愛もない話に聞こえるかもしれませんが、これは「僧たるものかくあるべし」という、形や規制だけにこだわることへの皮肉ととらえていいでしょう。

生涯身を立つるに慵《もの》うく、騰々《とうとう》、天真《てんしん》に任《まか》す。囊中《のうちゅう》、三升の米、炉辺一束《ろへんいっそく》の薪《たきぎ》。

誰か問わん迷悟《めいご》の跡《あと》、何ぞ知らん名利《みょうり》の塵《ちり》。夜雨《やう》、草庵《そうあん》の裡《うち》、双脚《そうきゃく》、等閑《とうかん》に伸《の》ぶ。

（一生、立身にはやる気がなく、自由に遊び歩いて心のままに任せてさました。頭陀袋《ずだぶくろ》の中には三升の米があり、囲炉裏には一束の薪があります。だれかが悟りについて質問したら言いましょう、面子だとか利益《りやく》などという塵がどこにあるのですかと。夜の雨が降る草庵の中で、二本の足をのんびり伸ばしているだけです）

この詩を読むと、良寛が生涯寺に入らなかった理由や、平気でニシンを食べた理由がわかります。表層的なルールや形にこだわることなく、ものごとの根底にある「本質」の部分にのみ、良寛は眼を向けていたのです。もちろん、それは仏教の教えや人々の宗教心、僧の存在を否定することではありません。ただ、形式や立場で自己を飾り、立場を守ろうと考えている人への批判的な眼を持っていたのは確かでしょう。

こうした人間に対する批判の眼は、修行以前からすでに良寛の中にあったものと思われます。三峰館時代には老荘思想*6を学んでいたはずです。『荘子』は人間のあり方を論じた書物で、人間批判論もその中に含まれています。さらに名主見習いの時代に、利権争いや人間の薄汚い部分をさんざん目にしたことで、立場や地位にこだわることの愚かさも感じていたのではないでしょうか。そうした経験の中で、自然に人を批判的に見る眼が養われていったのです。また前章で、「乞食行脚を体験する中で世の中のルールなどどうでもよくなっていった」という私の体験談をお話ししましたが、良寛の価値観には行脚時代の経験も大きく影響していたと思われます。

そうはいっても良寛は、自分の価値観を無理に人に押し付けたりはしません。誰かに説教するわけでもないし、間違っていてもそれを否定するのではなく、すべてを許す寛容さ、慈悲深さを持っていました。人間に対する「批判眼」と「許しの眼」を同時に持っていたのが良寛ならではの魅力であり、それが彼の思想をつかみどころのない深いものとしている理由であるように私には思えます。

他者ではなく自分自身に批判の眼を向ける

良寛の「批判眼」は世間に対してだけでなく、自分自身にも向けられています。それを示しているのが、「戒語《かいご》」です。戒語とは自分の行動を戒めるためのメモ書きのようなもので、良寛はいつでもそれが眼に入るように庵の鴨居に貼っていたようです。良寛の書を欲しがった地元の人たちの中には、留守中の庵にこっそり入って戒語の紙切れを持ち帰る人も多かったらしく、今も多くの戒語が残っています。戒語を見ていくと、良寛が「何を理想としていたのか、どんな生活信条をもっていたのか」がよくわかります。

●こころあさ〈浅〉くおもはるるは――
おさなきものをたらかしてなぐさむ（子どもをからかって楽しむ）
目なきものをなぶりてなぐさむ（視覚障害者を馬鹿にする）
人をおだててなぐさむ（わざとおだてて、裏で馬鹿にする）
しもべをつかふにことばのあらけなき（使用人に口汚くものを言う人）
人にものくれぬさきにそのことをいふ（今度あれをあげると勿体を付ける）

これらは、良寛が身の回りの人たちの行動や言動を観察して、良くないと思ったことを自分自身への戒めとして書いたものと思われます。とくに弱い立場にある者への、思いやりの気持ちが多く書かれています。ほかにはこんな戒語もあります。

●こころよからぬ（気分が悪い）ものは――
くちのうちでものいふ（言語不明瞭である）

ことばにたくみある（物言いにわざとらしさがある）
さもなくてあるべきことをきつくいふ（大したことでもないのに力んで言う）

●たえがたき（我慢できない）ものは——
ものいひのはてしなき（きりなくしゃべる人）

●まばゆき（目のやり場がない）ものは——
むかひてほむる（面と向かって人を褒める）

●こころづきなき（配慮がない）ものは——
うれへある人のかたはらに歌うたふ（悲しんでいる人のそばで歌をうたう）
ねつかぬ人のかたはらにはなしする（眠れない人のそばで話をする）
人をあわただしくおこす（寝ている人を急に起こしてびっくりさせる）
人のかほいろ見ずしてものいふ（相手の顔を見ないで話す）
酔《よいた》る人にことわり〈理〉いふ（酔っている人に理屈をいう）
布施の多いすくないをいふ（お寺へのお布施の多寡をいう）

聴法の座にものいふ（お説教の席でおしゃべりをする）
あくびとともに念仏する（念仏しながらあくびをする）
あるじの、ごちそうに、これこしろうたといふ（主人がお客に「これ、作ったから」と勧める）
こどものなくときにた〈誰〉がしたといふ（泣いている子どもに、誰がいじめたのかと犯人探しをして、人のせいにする）
ひとのものいひきらぬ中《うち》にものいふ（人の話が終わらないうちに割り込んでしゃべる）
人にものくれてのち人にそのことをいふ（人にものをやって、それを他の人に話す）

こうやって見ていくと、良寛は人のいたらないところに敏感に気づいていたことがわかります。おおらかで細かいことは気にしないイメージのある良寛ですが、じつはけっこう神経質で鋭い批判眼も持っていたのです。しかし、良寛は気になる行動を見ても直接相手に注意したりはしません。それを自分への教訓ととらえ、一度自分の中にとどめて、ゆっくり咀嚼《そしゃく》するのが彼のやり方です。国仙和尚が良寛に「大愚」という号を与えたのも、たぶんそういう性格を見抜いていたからでしょう。

良寛は、基本的には人に説教するのではなく、自らが人の手本となる生き方を実践しようとしましたが、他人に生き方や生活のアドバイスを述べた例もわずかながら伝わっています。そのひとつが、「嫁ぎ先での心得」です。先ほど申し上げたように、良寛は晩年に和島村島崎の木村家の納屋で暮らしましたが、この「心得」は、その木村家の娘が嫁入りするときに書き贈ったものです。「朝夕、親に仕えるべし」「掃除をちゃんとすべし」といった、周囲との関係性のありかたが細かく記されているのですが、おそらく親に頼まれて仕方なく書いたものだと思われます。

世俗と付かず離れずの距離に生きる

良寛は友人や村人との交流を楽しんではいたものの、世間に積極的に関わろうとするわけでもないし、かといって自分の世界に閉じこもっているわけでもありません。世間からは微妙に離れた距離から、覚めた眼で世の中を見ているのが良寛の立ち位置といえます。なぜ、良寛はこうした「世間と付かず離れずの暮らし」にこだわったのでしょうか。

それは僧侶の本当の役目、あるべき姿を理解していたからだと思います。多くの人は、お坊さんといえば、お経を読んだり、法話を説いたりするのが仕事だと思っているようですが、仏の道を言葉で説くことだけが僧侶の仕事ではありません。本来、僧侶は自らの存在をもって世間の苦悩や汚れを照らし、人々に存在の根源を思い出させる役割を担っているのです。

私たちは世俗の世界に生きていますが、この世界は生き甲斐や喜びを与えてくれる一方で、悲しみや苦しみの元ともなっています。普段意識せずとも私たちは常に誰かと自分を比べながら生きています。「あの人より給料が少ないのはなぜだ」「がんばって人より出世して、みんなに認められたい」――そんなことを思いながら日々を過ごしています。

それは決して悪いことではありません。上を目指すことや高い地位を望むことは、人間の生きる力にもなっています。しかし、同時にそれは苦しみをも生み出しています。自分よりよい暮らしをしている人をねたんだり、悪口を言ったり、なぜもっとがんばれないのかと自分自身を責めたりもします。

一方、良寛はどうかといえば、そうした世間のしがらみからは完全に離れています。誰とも比べないし、自分自身をよりどころとして生きている。だからこそ、いつも心穏やかに暮らせているわけです。そんな良寛の姿を見た人は何を感じるでしょうか。「ああ、こういう生き方があったのか。真似はできないけれど人間としてはこっちのほうがまっとうな生き方なのかもしれない」と思うのではないでしょうか。つまり、良寛の姿を見たり、言葉を交わすことで、人々は「人間として生きるための座標軸」に気づくことになるのです。

良寛は僧の役目を「座標軸を人々に思い出させることにある」と考えていたからこそ、世間と付かず離れずの暮らしを選んだのだと思います。世間から完全に離れて一人で山に籠ってしまっては、人を救うことはできません。かといって、世間にどっぷり浸かって一般の人と同じ生活をしていては、人に気づきを与えることもできません。何かを気づかせるためには、世俗と付かず離れずの距離にいながら世俗を突き放しているという状況が大切になるわけです。

しかし、そう考えていくとひとつ疑問が残ります。どこかの寺の住職になったとしても、清貧生活を続けながらその姿を民衆にさらすことはできたはずです。それなのに、なぜ良寛は寺に入らないことにこだわったのでしょうか。

それには、時代も関係しているように思えます。幕府によって檀家制度[*7]が作られたのは、島原の乱（一六三七〜三八年）の前後のこと。良寛が生きた時代は、それから一世紀以上後のことですから、すでに檀家制度は当たり前のものでした。檀家制度が定着するにしたがい、お寺は役所のような存在となり、僧侶は「上から目線」で民衆を見る立場になっていきます。当時の寺の中には広大な土地を所有し、それを田畑として貸し出すところも多かったようです。そうなると住職は「地主」、檀家は「小作人」という立場になってしまいます。つまり、寺に入るということは、上下関係や「しがらみ」を背負い込むことになるのです。そういう状況が良寛には見えていたからこそ、結果的に寺の住職にはならずに乞食坊主として生きる道を歩むことになったのではないでしょうか。

清貧を苦にせず、そこに喜びを感じる

何も持たない姿を民衆に見せることが、自分の役割と考えていた良寛ですが、その清貧ぶりは徹底していて、並みの人間がとても真似できるようなものではありませんでした。友人が食べ物を持ってきてくれることもたまにはあったようですが、基本的には乞食行脚時代と変わらず、ボロの衣をまとい、托鉢に頼った貧しい暮らしを続けていました。良寛がそこまで清貧にこだわり続けた心の原点はどこにあるのでしょうか。

終日《しゅうじつ》、烟村《えんそん》を望み、展転《てんてん》、食《じき》を乞《こ》うてゆく。日は夕《く》れ、山路遠く、烈風、髭《ひげ》を断《おと》
さんとす。衲衣《のうえ》、破れて烟《けむり》のごとく、木鉢《もくはつ》、古《ふ》りてさらに奇なり。未だ厭《いと》わず、
飢寒《きかん》の苦《く》、古来、多く、かくのごとし。

（かまどから煙が立つ村の家々を一日中見ながら、次々と托鉢をして歩きました。日が暮れ、庵へと帰る山道は遠く、風の勢いは髭を吹き飛ばさんとするほどです。衣は破れて形もないほどぼろぼろです。托鉢用の木鉢も古くなって奇妙な形になってしまいました。それでも自分が飢えや寒さを愚痴る気にならないのは、先人たちの多くが、このように生きて仏道をつないできたからです）

この詩を読むと、故郷に戻った後も、良寛がいかに貧しい生活の中に身を置いていたかがうかがえます。しかし、この詩には悲壮感だけでなく、どこか喜びのようなものも感じられます。苦しくても、仏の道を人々に伝えるために安楽な生活に堕落しない道を歩いてきた――そんな古《いにしえ》の僧と同じ生き方を自分も実践しているということに、良寛はおそらく充足感を覚えていたのでしょう。孤独や清貧が良寛にとっての喜びでもあったことを示す歌には、こんなものもあります。

世の中にまじらぬとにはあらねどもひとり遊びぞわれはまされる

（世間の事に関与しないというわけではありませんが、孤高の精神世界に遊ぶことが自分には一番の喜びなのです）

ここで言う「ひとり遊び」とは、一人で本を読んだり、思索に耽《ふけ》るということだけではなく、自分の中にぶれない世界を持ち、そこに充足するという意味を含んでいます。こうした世界に浸るためには、何も持たない清貧の暮らしが向いているのは明らかでしょう。つまり、良寛はやせ我慢して清貧を貫こうとしたわけではなく、そこに喜びや楽しさ、風流を感じていたからこそ、自ら進んで清貧生活を選んだと言えそうです。

偉そうなことを言える立場ではない

清貧に徹していた良寛は、何事についても「もったいない」という意識を持っていたようで、ぼろぼろになるまで衣を着続けただけでなく、道具も必要最小限しか持とうとはしませんでした。すり鉢ひとつで、顔や足を洗ったり、味噌をすったりしていたという話も伝わっています。また、使い古したものに慈《いつく》しみや風流を感じる心をもっていたのでしょう、こんなエピソードが残されています。

友人の家に良寛が泊まっていたとき、その家の下働きの人が、使い古してぼろぼろになった鍋蓋《なべぶた》を二つに割って燃料にしようとしました。それを見た良寛は鍋蓋を拾い上げ、そこに墨で「心月輪《しんがちりん》」と書きました。「心は丸く月のように清らかだ」という意味です。長年使い込んだ鍋蓋は美しいものではなかったはずですが、良寛はそこに味わいを感じ、鍋蓋に対して「ご苦労様でした」という思いを抱いたのでしょう。

また良寛は、自分の清貧な生き方に喜びを感じながらも、それは人に自慢できるようなものではないという謙虚な気持ちも常に持っていたようです。それを示したこんな詩があります。

襤褸《らんる》、また襤褸、襤褸、是《こ》れ生涯。食はわずかに、路辺に取り、家は実《まこと》に蒿萊《こうらい》に委《ゆだ》ぬ。月を看《み》て、終夜、嘯《うそぶ》き、花に迷うて、言《ここ》に帰らず。一たび保社《ほしゃ》を出《いで》しより、錯《あやま》って箇《こ》の駑駘《どたい》となる。

（破れ果てたぼろぼろの衣が私の人生です。食べ物は道端の戸口に立っていただき、住処は雑草が茂るままに任せています。月夜には一晩中月を楽しみ、花を見ると花に酔って帰るのを忘れます。ひとたび仲間の道場を出てから、志と違って役立たずになってしまいました）

現代語訳の「志と違って役立たずになってしまいました」という部分は、自分の生き方を否定しているようにとらえられがちですが、これは「人に自慢できるような暮らしをしているわけではない」という謙虚さの表れととらえるべきでしょう。良寛はさまざまな場所に居候しながら暮らしています。常に誰かの世話になりながら風流の世界を楽しんでいる自分は、偉そうなことを言える立場ではない――という気持ちがあったのではないでしょうか。

謙虚とはいっても、良寛は平気で人の世話になっているし、ときには「味噌をくださ い」、「ぬり薬をください」などと、自分の要求を堂々と伝えたりもしています。これは良寛の名主の家に生まれたという生い立ちが関係しているように私には思えます。何かをもらったら、逆に何かをお返ししなければならないと考えるのが普通だと思いますが、それを素直に「何のお返しもできないが、ただでください」と言えるのは育ちの良さゆえです。しかし、誰よりも清貧の世界に生きてさわやかな風流を楽しんでいる良寛の姿に、嫌な印象を抱く人はいませんでした。ある意味、不思議な立ち位置にいた人物といってよいと思います。

＊1　長岡藩
江戸時代、越後国古志郡を中心とし、現在の長岡市・新潟市などを含む地域を治めた藩。石高七万四千石。藩主は譜代の牧野氏で、江戸時代のほぼ全期間にわたり、転封されることなく藩主を務めた。

＊2　牧野忠精
一七六〇～一八三一。長岡藩第九代藩主。七歳から六十年以上の間、藩主の座にあった。一方、京都所司代を経て、十五年以上にわたり老中（一八〇一～一六）を務めるなど、幕政の枢機に参与した。

＊3　木村家
木村家は能登屋の屋号を持つ和島村（現長岡市）の百姓代（村方三役の一つ。名主・組頭による村政を監視する役目）。当時の当主は十一代木村元右衛門で、老齢の良寛の国上山での暮らしを見かねて自邸内への移住を勧めたものという。

＊4　貞心
一七九八～一八七二。良寛没後、四十四歳で柏崎洞雲寺で得度、釈迦堂庵主になり、堂焼失後は不求庵に移った。幕末には最初の良寛詩集『良寛道人遺稿』（一八六七）の出版に尽力、明治まで生きた。

＊5　唱和
貞心尼は、良寛七十歳・貞心尼三十歳での出会い（一八二七）から、良寛示寂（一八三一）までの四年間に、二人が唱和した歌を中心として歌集『はちすの露』をまとめた。しかし彼女は生前出版しなかったため、その存在は知られず、没後初めて発見された。掲出歌もそのなかの唱和の歌。

＊6　老荘思想
中国の伝統思想。春秋戦国期の思想家、老子と荘子の思想を併せていう。どちらも無為自然を説き、天地万物の根本原理としての「道」を重

んじて、「道家《どうか》」と呼ばれる。現実的関心の強い老子と、現実にとらわれない荘子の思想が融合した結果、超俗・隠遁思想などの支柱となった。

＊7　檀家制度

江戸幕府のキリシタン禁止の宗教政策から生まれた制度。仏教徒であることの証明を寺から請ける「寺請《てらうけ》制度」から進んで、身分を問わず人は必ず寺に属し（檀家になり）、葬祭や供養の一切を所属する寺に任せるという強固な寺院・檀家関係を規定する制度をいう。

第3章——「人」や「自然」と心を通わす

どん底に生きているからこそ、弱者に共感できる

生涯清貧を貫いた良寛ですが、決して超俗の人というわけではありません。その詩や和歌には、常に人間や自然への温かいまなざしが溢れています。子どもたちと無邪気に遊んだり、気のおけない友人たちと酒を酌み交わしたり、質素な暮らしの中でこそ見えてくる自然の美しさに感動したり――。帰郷してからの良寛の作品や逸話を読んでいくと、人や自然と心を通わせる人間らしい良寛の姿が見えてきます。そこで本章では、人や自然との接し方から良寛の心の中を探ってみることにしましょう。

前章でお話ししたように、良寛は社会に対する「批判眼」とともに、すべての人を慈悲深く見つめる「許しの眼」を持っていました。それを示すものとして、こんな逸話が伝わっています。

良寛が暮らす五合庵は、里から歩くと三十分以上かかる深い山の中にありましたが、ときには泥棒に入られることもあったようで、ある寒い冬の夜、泥棒がやってきます。とはいっても、その日暮らしの草庵には蓄えもなければ、金目になりそうなものは何もありません。泥棒はしかたなく良寛が寝ているせんべい布団を盗もうとします。布団に横たわっていた良寛は泥棒の様子に気づくと、それを咎《とが》めるでもなく、眠ったふりをし

ながら寝返りを打ち、布団から転がり出て布団を取りやすくしてあげたそうです。

ぬすびとに取り残されし窓の月
（あの泥棒も、この月の美しさは盗むことができなかったなあ）

これはそのときに詠まれた句です。布団を持っていかれて眠ることができなくなった良寛は、腹を立てるでもなく、ただ月を眺めながら、しみじみと詠んでいます。この句には、優しさや風流心とともに、何が起こっても平常心でいられる良寛ならではの不思議な心のありさまが表現されているように感じられます。

禅版《ぜんぱん》布団を持ち去る、賊は草堂を打《おそ》う、誰かあえて禁ぜん。終宵《しゅうしょう》孤坐《こざ》す、幽窓《ゆうそう》の下《もと》、疎雨《そうう》蕭々《しょうしょう》たり苦竹林《くちくりん》。
（泥棒が来て、禅版と布団を持って行ってしまいました。こんな気の毒な泥棒の盗みを、誰が妨げることができるでしょうか。その夜、一人で坐禅をしました。古びた窓の外の竹林には細かい雨が降っていました）

これも同じ出来事を詠んだ詩ですが、先ほどの句では月が出ていたのに、ここでは雨が降っていたと書かれています。泥棒に入られた当日ではなく、別の日に詠まれたものなのでしょう。「禅版」とは、坐禅中に疲れたときに畳に立てて顎をのせる板のことです。そんなものや布団などでさえも盗まずにはいられなかった泥棒に、良寛は憐れみを示しています。

憎むべき相手に対して許しの眼をもって接したエピソードとしては、ほかにこんなものも伝わっています。

田植えの時期、良寛はある知人の家に泊まっていました。そこに心を病んだ智海《ちかい》という僧が、田植えを終えて、酔っぱらって泥だらけの姿で現れます。智海はいつも、自分を古《いにしえ》の高僧になぞらえて「民衆を救えるのは自分だけだ」などと空言ばかりを言っていたため、村人たちからは疎《うと》まれていました。誰からも愛され、尊敬を集めている良寛のことを、智海は妬《ねた》んでいたのでしょう。突然、自分の帯をほどいて良寛を打とうとします。このときも良寛は抵抗せずに、打たれるまま黙っていました。それを見た知人は驚き、すぐに智海を追い出しますが、夕方になって雨が降り出したのを知った良寛は、一言こうつぶやいたといいます。

前《さき》の僧《そう》は雨具を持ちしや

（あの僧は雨具を持っているのでしょうか）

相手に憎しみを抱いても当然の場面なのに、良寛は「雨に濡れては辛いのではないでしょうか、大丈夫でしょうか」と智海のことを心配しているのです。

また、こんな逸話も残っています。ある年の正月、良寛は子連れの女乞食に出会いました。食べる物がなくて困っている様子に同情し、自分の友人のところを訪ねるようにと言って、女にこんな手紙を持たせました。

これはあたりの人に候。夫は他国へ穴ほりに行《いき》しが、いかが致候やら、去冬《きよとう》は帰らず、子どもを多くもち候得《そうらえ》ども、まだ十よりしたなり。この春は村々を乞食して、その日を送り候。何ぞあたえて渡世の助《たすけ》にもいたさせんとおもえども、貧窮の僧なればいたしかたもなし。なになりと少々この者に御あたえくださるべく候。

（この女性はこのあたりに暮らす人のようですが、夫は出稼ぎにいって帰らず、小さな子どもを多く抱えて困っています。ずっと乞食をしながらその日暮らしをしていたようです。何とかしてあげたいのですが、貧しい僧の自分には何もしてやることができませ

ん。なにか少しこの人に与えてやってください）

この手紙を受け取った友人は、女に餅を与えたそうです。

良寛は誰に対しても優しかったと言われますが、こうした逸話や詩をみると、弱い立場の人たちに対して、とくに憐れみや許しの感情をもって接していたことがわかります。泥棒、心を病んだ僧、子連れの女乞食……いずれも社会的弱者たちです。なぜ、良寛はことさらに弱者に慈悲の念を抱いたのでしょうか。

それは、自分も彼らと同じ地平に立っているという意識があったからだと思われます。良寛は一応は僧の格好はしていても、実態はどん底暮らしです。社会の底辺に身を置き、どうしようもない人間存在の根源を「どん底目線」で見据えていたからこそ、弱者に共感できたのです。弱者への共感は、僧として仏の慈悲を学んだから身に付いたというわけではなく、五年間の諸国行脚中の体験によって育まれたものだと考えてよいでしょう。

無邪気な子どもたちに人間の本質を見た良寛

良寛は、社会的弱者に対してだけでなく、幼い子どもたちにも温かい視線を向けています。無邪気に遊ぶ子どもたちの姿を見るのが何よりも好きだった良寛は、子どもについての歌を多く詠んでいます。

鉢の子に菫《すみれ》たんぽぽこきまぜて三世《みよ》の仏にたてまつりてな

（鉢の子にすみれやたんぽぽを混ぜ合わせて、過去・現在・未来の仏にさしあげましょう）

托鉢の途中、良寛の手から鉢の子（僧が食事や托鉢の際に使う器）を奪い取った子どもたちが、その中に摘んだすみれやたんぽぽを入れて、仏を拝む真似をしている姿を詠んだ歌です。子どもたちと一緒にままごと遊びを楽しんでいる良寛の、ほほえましい姿が眼に浮かびます。

国学者で旅行家の菅江真澄《すがえますみ》*1（一七五四〜一八二九）が晩年に書いた『高志栞《こしのしおり》』という書物に、子どもと遊ぶ良寛の様子を描いた「てまり上人」という一文が収められていま す。それによると、良寛は袖の中にいつも手まりを二つ三つ忍ばせていて、子どもを見つけると、袖から手まりを取り出して一緒になって遊んでいたようです。

良寛は、他の人たちのように大人としての立場で子どもを可愛がるのではなく、心底童心になって子どもたちと一緒に遊びました。それを示す面白い逸話も残っています。

ある日、良寛は子どもたちと一緒にかくれんぼを楽しんでいました。やがて日が暮れて、子どもたちは家に帰っていきましたが、良寛はかくれんぼに熱中していて、それに気づかなかったのでしょう。翌朝、村人が稲叢《いなむら》の間に隠れている良寛を見つけました。不審に思って「何をしているのですか」と訪ねたところ、良寛は「しっ、静かに。子どもたちに見つかるではありませんか」と真顔で答えたそうです。

それにしても、なぜ良寛はそこまで子どもたちとの遊びに夢中になることができたのでしょうか。それは、良寛自身が子どもと同じ心を持っていたからだと思われます。子どもは面子や人の眼を気にすることなく、あるがままの素直な気持ち、無心のなかに生きています。つまり、良寛が仏道修行の末に到達した「空・無心」の境地と同じです。だからこそ、良寛は子どもたちに深く共感し、彼らと一緒にいる時間に喜びを感じることができたのではないでしょうか。これはあくまで私の推測にすぎませんが、汚れのない子どもの中に「人間の本質」のようなものを良寛は見ていたのだと思います。

子どもを神仏の弟子とする「おトリ子信仰」

「子どもを仏に通じる存在としてとらえる」という考え方は、良寛だけに限ったことではなく、当時の越後では当たり前のものとしてありました。「おトリ子信仰」と呼ばれるものがそれです。これは、体が弱くて育ちにくい子が家に生まれたときに、その子をお地蔵さんや鬼子母神の弟子と考えて、ある程度の年齢に達するまで神仏の籍に入れて育てるという風習です。

神や仏の弟子になった子どもは、たとえ悪さをしたり宿題を忘れたりしても、親は叱るわけにはいきません。子どもであっても神仏の弟子ということであれば、人間である親が叱ったり叩いたりするのは筋違いだからです。これによって親は辛抱強く子育てを行うようになるため、子どもは安定して育つことになります。

おトリ子信仰自体は、鎌倉時代から全国各地にありました。とくに越後には深く根付いていたようで、以前私が調査したときには、南蒲原郡の羽生田《はにゅうだ》地区にある定福寺《じょうふくじ》で、年間千人ほどの子どもがおトリ子になる儀式を受けていました。現在でも、新潟県内のいくつかの曹洞宗寺院ではお地蔵さんの、また日蓮宗寺院では鬼子母神の弟子にするというかたちで行われています。こうした、子どもを神仏の弟子としてとらえるという地域的な文化背景も、良寛が子どもたちを好きだったことと無関係とはいえないでしょう。

ちなみに、良寛が子ども好きだと知った村人の中には、子どもを利用して良寛の書を手に入れようとする人が少なからずいたようです。当時すでに良寛の書が超一流であることは広く知れ渡っていました。しかし、良寛は誰かに頼まれて書を書くということをしなかったため、手まりやおはじき用の貝殻などを子どもに持たせて、その代わりに書を入手しようと考える人が多かったのです。

良寛の書の中でも代表作とされる「天上大風」（91ページ参照）という書も、ある親が「良寛さまに〝凧を作りたいから〟といって書をもらってきておくれ」と、子どもを利用して手に入れたものと伝えられています。良寛も、後ろにいる大人の影をうすうす感じてはいたのでしょうが、あれこれ問いただして純粋な子どもの心を傷つけるのもつまらないと考えて、快く引き受けたのではないかと思います。

友人と過ごす時間がなによりの楽しみ

良寛には三峰館時代の仲間をはじめ、風流を語り合える友人が何人かいましたが、彼らとの交流を書いた和歌や漢詩からも、良寛の人間味溢れる人柄がしのばれます。友人についての詩はたくさんありすぎて、どれを紹介すればよいのか迷うところですが、少年時代からの親友で心を許せる間柄であった三輪佐一《みわさいち》*2に贈った詩をいくつか挙げておきましょう。

かつて風雪を冒《おか》して草廬《そうろ》を尋《たず》ぬ、一椀《いちわん》の苦茗《くみょう》、高賓《こうひん》に接《せつ》す。那時《なじ》の話頭《わとう》、なお耳にあり、指を倒してみれば早《はや》これ十余春《じゅうよしゅん》。旧痾《きゅうあ》、爾来《じらい》、悩み増すなきか、時《とき》まさに歳寒《さいかん》、よろしく茵《しとね》を厚うせよ。我が道、首《こうべ》を回《めぐら》せば実《まこと》に嗟《なげ》くに堪えたり、天上人間《てんじょうじんかん》今いく人ぞ。

（かつて風雪の中を訪ねたとき、一杯の苦みのある旨い名茶のもてなしを受けました。指折り数えれば十余年になりますが、あのときの声が耳の底に思い出されます。去年の病気以来どうしていますか。今は寒中です。布団を厚くして大切にしてください。君と語り合った仏の道を思い返すと、〈世の中は〉嘆かわしいことばかりです。天界・人間界にも仏の道をわかる人は何人いるでしょうか）

これは病床にあった晩年の佐一を心配して贈った詩です。佐一は歌や詩などの風流世界だけではなく、仏道についても語り合うことのできる数少ない友人の一人（良寛の在家の弟子）であったようです。次の「暁に佐一を送る」と題された詩からも、その親密な交流ぶりがうかがえます。

依稀《いき》たり藤蘿《とうら》の月、君を送って翠微《すいび》を下る。今より、朝《あした》また夕《ゆうべ》、寥々《りょうりょう》として柴扉《さいひ》を掩《おお》う。

（藤かずら越しに差し込む月の光を頼りにして、緑煙る山を下りましたね。それからは、朝も夕も柴の戸を閉ざしたままで寂しいことです）

佐一と明け方まで庵で語り合った後、友と別れるのが名残惜しくて、月明かりに照らされた夜の山をふもとまでわざわざ送っていったときの様子が描かれています。現代語訳の「それからは、朝も夕も柴の戸を閉ざしたままで寂しいことです」という部分は、二人で過ごした時間があまりにも満ち足りていたので、それを心の底で味わっていると村に降りて行く気がしなくなる――という意味だととらえてよいでしょう。孤独を愛したとされる良寛ですが、その一方で、気の合う友と過ごすひとときは何事にも代え難い楽しい時間だったのです。

しかし、佐一は文化四年（一八〇七）の五月、良寛が五十歳のときに、残念ながら亡くなってしまいます。佐一の訃報《ふほう》に触れた良寛は、よほど辛く悲しかったのでしょう、そのときの痛切な想いをこんな詩で表現しています。

微雨《びう》空濛《くうもう》たり芒種《ぼうしゅ》の節、故人我を捨てて何処《いずこ》にか行ける。寂寥に堪えずしてすなわち尋ね去《ゆ》くに、万朶《ばんだ》の青山、杜鵑《とけん》鳴く。

（小雨が降り続いてなにもかもが陰気な、田植えが始まる時期に、佐一君は私を捨ててどこへ行ってしまったのでしょう。寂しさに耐えかねて、君を捜しに出てみると、鬱蒼たる青山に、ほととぎすが鋭く鳴きました）

ほかにも友への歌や詩を数多く詠んでいますが、それらを読むと、良寛は決して孤高の僧などではなく、喜びや共感、悲しみ、せつなさなど、人間らしい感情を人一倍持っていたことがわかります。

兄弟に対する申し訳のなさ

友人や村人たちとは良好な関係を築いていた良寛ですが、親戚や兄弟とは少々複雑な関係にありました。良寛が越後に戻ったとき、実家の名主職は四歳下の弟の由之《ゆうし》*3が継いでいましたが、橘屋は凋落《ちょうらく》の道をたどり始めていました。

その原因は由之の身勝手な振る舞いにあったようです。文芸や風流が好きで、経済や政治に疎かった由之は、文人墨客を集めて派手な宴を開いて散財したり、公金横領に手を染めたりと、問題行動を多く起こして町の人々の信用を失いつつあったのです。これには、世俗を離れた立場にあった良寛といえども頭を悩ませていたようですが、困り果てた由之の妻をはじめとする橘屋の人々からも、弟に意見してくれるようにと依頼がありました。それを受けた良寛は実家に向かいます。到着するといきなり座敷に上がり、由之を前にしてしばらく黙っていましたが、やがて次のような歌を一首詠んで由之に示し、何も言わずに立ち去りました。

きてみればわがふるさとはあれにけりにわもまがきもおちばのみして
(訪れてみると、私の故郷は荒れ果てていました。庭も垣根も落ち葉だらけではないですか)

遠回しに現状のありさまを皮肉を込めて嘆いたわけですが、そこには人に言われるのではなく、弟自ら過ちに気づいてほしいという良寛なりの優しさもあったはずです。良寛が正面切って由之を叱らないのには理由があります。なにしろ良寛は、本来ならば自分が継ぐべき家業を弟に押し付けて出家したわけなので、偉そうなことはなにも言えない立場にあります。だからこそ、少し配慮したうえで弟や実家と関わろうとしたのです。

しかし結局、由之は使途不明金問題で町人たちから訴えられ、財産没収および所払いの処分を受けることになります。

橘屋は、由之の息子である馬之助[*4]に代替わりしました。しかし馬之助は家業を盛り返すどころか、父親同様に放蕩三昧の生活を続け、橘屋はさらに衰退の一途をたどっていきます。そんな様子を見かねた由之の妻から、「息子に注意をしてほしい」と頼まれたときも、良寛は実家に足を運んでいます。

良寛は甥の馬之助を前にしても、なかなか言葉が出てきません。どうでもいい話をしながら時間だけが過ぎていきます。このときも良寛の心中には「自分は偉そうなことを言える立場にはない」という意識があったのでしょう。彼が家業を継いでいれば由之にも馬之助にも違った人生が開けていたはずですから、今の状況を作り出している責任は良寛自身にもあるわけです。

そして三日目に何も言えないまま実家を去ることになりますが、上がり框《かまち》に腰かけた良寛は馬之助を呼んで「わらじのひもを結んでもらえないか」と頼みます。馬之助が良寛の足下にしゃがみ込んでひもを結ぼうとしていると、首筋に冷たいものが落ちて来ました。「なんだろう？」と眼を上げると、良寛の頬には涙が伝っていました。それを見た馬之助は、心を改めることを誓います。しかし時既に遅く、馬之助も家業を盛り返すことはできず、橘屋は後に完全に没落してしまうことになるのです。

こうした実家の栄枯盛衰を体験したことも、良寛が「どん底からものを見る」きっかけになったひとつの要因と考えてよいでしょう。弟の由之は、所払いになった後は以南の郷里である隣町の与板《よいた》（現在の新潟県長岡市）に蟄居《ちつきょ》することになりましたが、良寛が六十四歳のときに再会を果たしています。そのときのことを良寛が詠んだ詩がこちらです。

兄弟《けいてい》相逢う処、共にこれ白眉《はくび》垂《た》る。かつ喜ぶ太平の世を、日々酔うて痴のごとし。

（兄弟がしばらくぶりに会ってみると、お互いに眉毛が白くなっています。でも、無事な暮らしを喜び合い、何日も酒を酌み交わし、阿呆のように語り合いました）

この詩からは、責めるでもなく、運命に翻弄された弟を思いやる慈悲と共感が伝わってきます。久しぶりに弟と再会を果たした良寛の内面では、家業を投げ出したことに対する自責の念、自分の役目を代わりに背負ってくれた弟への負い目、そして世間のはかなさへの思いなどが複雑に交錯していたものと思われます。温かさや優しさがこの歌から感じられるのは、良寛が、弟に対しても「上から目線」ではなく、「どん底目線」で接しているからでしょう。どん底から世間を照らし出すという良寛の姿勢は、身内の人々に対しても向けられていたのです。

自然と関わる中で自分を知る

ここまでは友人や子ども、兄弟といった「人間」と良寛がどう関わっていたかについてお話ししてきましたが、良寛の心を深く知るためには「自然」との関わり方についても知っておくべきでしょう。自然と関わるということは、言い換えれば「孤独を愛する」「自分を見つめる」ことを意味します。なぜなら、人智を超えた壮大な自然の中に一人身を置くと、人間はおのずと孤独を感じ、やがて視線は自分の内面へと向かっていくからです。

友人から以前、こんな話を聞いたことがあります。アメリカを旅していた彼は、旅の途中で砂漠に出かけました。砂漠に到着してしばらくは、物珍しさからあちこち歩き回ったりしていましたが、そのうち一ヶ所に立ち止まってしまいました。やがては風景を見ることにも意味を感じなくなりました。「砂漠の中で生きているのは自分だけだ」という気持ちが強くなり、意識が自分の中にどんどん向かっていくのを感じたそうです。まわりを見渡してみると、同様に砂漠に来ていた多くの人々が自分と同じように、沈黙したまま砂漠の中に立ちすくんでいました。おそらくは、みんな自分と同じ気持ちになっていたのだろう――彼はそんなふうに言っていました。

良寛の場合もこれと同じで、自然は「自分を見る、自分と対峙する」ための装置のようなものであったのではないでしょうか。自然の中にたたずみ、自分の中に意識をどんどん向けてゆくと、やがてはそれを言葉にして確かめたくなってきます。そして、孤独を言葉に表現していくと「真理」、つまり「心底静寂な無心の境地」とは何なのかが、自分の中で明らかになっていきます。孤独を言語化することで、今まで見えなかったものが見えてくるのです。そんな心境を描いたと思われるのが、以下の詩です。

雨晴れ雲晴れ、気《き》また晴る、心清らかなれば遍界《へんかい》物みな清し。身を捐《す》て世を棄《す》て、閒者《かんじゃ》となり、初めて月と花とに余生を送る。

（雨が晴れ雲が晴れて気分がさわやかになりました。心が晴れると世界中が清らかに見えます。暮らしのために生きることをやめ、世捨て人になってみて、初めて月と花とを楽しむゆとりを持って生きることができました）

この詩のポイントは、徹底した「捨」に生きることが、良寛にとっての心のゆとりとなっているところです。逆に、「ゆとりの心」が「捨」の世界を実現しているといってもよいかもしれません。世俗を捨てる道を選んで自然の中に身を置き、孤独と対峙したからこそ、良寛はそれまで気がつかなかった自然の美しさ、素晴らしさに気づくことができたのです。第1章で、「対象喪失」という言葉をご紹介して、「何かを失うことで新しく見えてくるものがある」というお話をしましたが、それがこれなのです。

薪《たきぎ》を負《お》いて、青岑《せいしん》を下る。青岑、道平らかならず。時に憩う、長松の陰、間《しずか》に聴く、山禽《さんきん》の声を。

（薪を背負って険しい山道を下る。緑が密集した山道は歩きにくく、ときどき松の木陰で休む。そのとき、山の小鳥の鳴き声が、心の底にしみじみと聞こえて来る）

この詩は、良寛が薪を拾うために山に入ったときのことを詠んだものですが、ここで良寛が聞いた「小鳥の鳴き声」とは、自然の声、自らの内面の声ととらえてもよいと思います。自然の声を聞こうと思っても、ただ漠然と生きていては聞こえてはきません。自分の命や心の根底が「捨て果てた」「無」の状態になっていてこそ聞こえてくるもの、見えてくるものがあるのです。

良寛の歌や詩が私たちの心に深く響くのは、そうした「無」の境地から発せられた言葉だからだと私には思えます。良寛作品の中には、ほかにもそんな「無」の境地が感じられるものが数多くあります。ここでいくつか紹介しておきましょう。

花は無心にして蝶を招き、蝶は無心にして花を尋《たず》ぬ。花開く時、蝶来《きた》り、蝶来る時、花開く。吾もまた人を知らず、人もまた吾を知らず。知らず、帝則《ていそく》に従う。

（花は無心で蝶を招いているし、蝶も無心で花を訪ねています。花が開くと、蝶がやってきます。蝶が来たとき、花は共鳴するように開きます。同様に、私も相手のことを気にしないままあるべきように対応し、相手も私に無理に合わせるのでもなく、その人なりに自由に振る舞って、お互いに人としてあるべき自然の法則にしたがって楽しんでいます）

坐して時に落葉を聞く、静《じょう》に住《じゅう》するは、これ出家。従来、思量を断ちたれども、覚えず涙、巾《きん》を沾《うる》おす。

（坐禅をして、落ち葉の微かな音を聞きました。外界の物事に連動しない静寂に安住するのが僧侶のあり方だし、もとより意識活動から離れた静寂の中にいるはずなのに、思いがけず涙がこぼれて、手ぬぐいを濡らしてしまいました）

これらの詩は誰かに何かを伝えよう、発信しようと思って書かれたものではありません。孤独の中に身を置き、自分の内面の心の動きを、良寛自身が確認するために書かれたものです。視線は常に自分の中に向かっています。しかし、これを読んだ人々は間接的に何かに「気づかされる」ことになります。それこそが良寛作品のもつ魅力であり、「力」だと、私は思っています。

＊1　菅江真澄

江戸後期の国学者・旅行家。三河国（愛知県）出身。地元で賀茂真淵流の国学を、名古屋で本草医学を学ぶ。一七八三年から四十年余にわたり東国・東北を遊歴、紀行日記「真澄遊覧記」七十余冊を残す。

＊2　三輪佐一

?〜一八〇七。三島郡与板（現在の新潟県長岡市）の廻船問屋、大坂屋三輪家六代多仲長高の末弟。佐市とも。

＊3　由之

一七六二〜一八三四。良寛の弟（次男）で、兄の出家により出雲崎の名主となる。一八一〇年、息子の馬之助に家督を譲って諸国を旅し、のち与板に松下庵を結ぶ。遺言により、墓は和島村（現在の新潟県長岡市）隆泉寺にある良寛の墓と並び立っている。

＊4　馬之助

良寛の弟・由之の子泰樹の通称。父・由之が奉行所から家財没収・所払いの判決を受けた一八一〇年、馬之助もまた名主見習い職を剝奪され、橘屋没落の端緒となる。

第4章——「老い」と「死」に向き合う

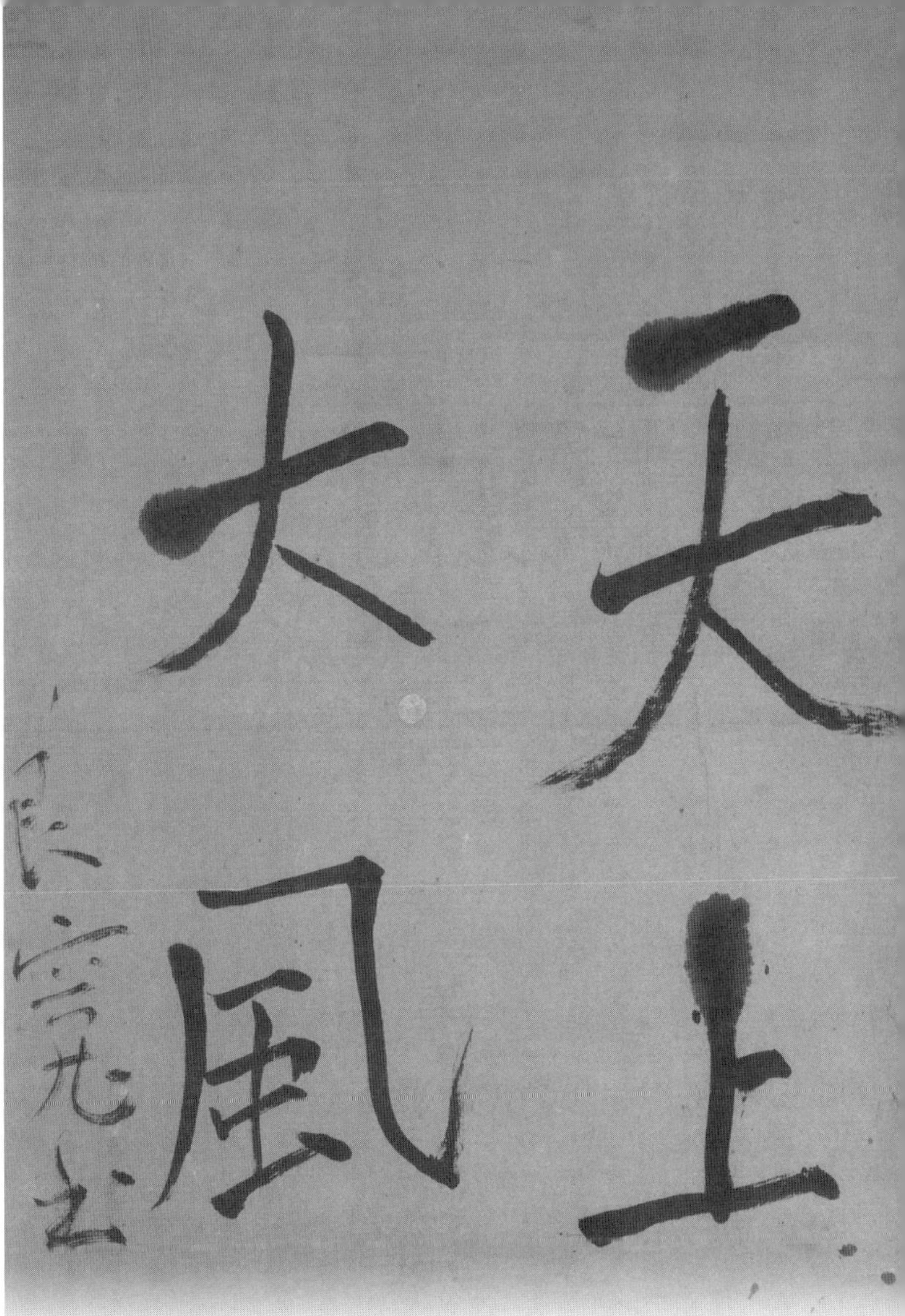

老いを愚痴ることなかれ

この第4章では、良寛が「老い」や「死」を、どうとらえていたかについてお話ししていこうと思います。社会の高齢化が進む現代、多くの人たちが「老・病・死」に不安を感じながら生きています。私たちはその不安とどう向き合い、どう乗り越えていけばいいのでしょうか。良寛の晩年の生き方や作品からそのヒントを探ってみることにしましょう。

良寛は晩年にさしかかるにしたがい、老いていくことの不安や寂しさを吐露した詩歌を数多く書くようになっていきます。

老いが身のあはれを誰に語らまし杖を忘れて帰る夕暮

（老いていく空しさを誰に語ればいいのでしょう。杖を忘れて庵に帰る夕暮れにそう思いました）

老人になると足腰に力が入りにくく、なんとなく足元がおぼつかなくなるものです。杖がひとつあるだけで安心して歩けるのですが、良寛は杖をどこかに置き忘れてしまいました。そのときの心もとなさを表現したのがこの歌です。

誰でも歳をとると忘れっぽくなりますが、良寛もそれは同じだったようです。医者に診てもらった後に肌着を着るのを忘れて置いて帰ってしまったり、杖や笠を忘れたり、人の持ち物を間違えて持ち帰ったり、といったことが頻繁にあったと伝えられています。

そんな、良寛がいつも忘れ物をしているのを心配したある人が、「持ち物に名前を書いておくといいですよ」とアドバイスしました。すると、良寛は自分の持ち物に片っ端から、名前ではなく、「おれがの」「ほんにおれがの」と書き始めたといいます。「おれがの」とは「私のもの」という意味ですから、誰が持っていっても「私のもの」になってしまいます。これは、良寛の愚直ぶりを示した笑い話のようにも感じられますが、深く読めば、自分と他人の存在を分けて考えない良寛の心のあり方を描いた逸話とみることもできます。

手を折りて昔の友を数ふればなきは多くぞなりにけるかな
（指折り数えてみると、古い友だちは亡くなった人のほうが多くなりましたなあ）

この歌には、ある程度の年齢にさしかかった人なら誰もが抱くであろう、寂しさが描かれています。しかし、老いや死はすべての人に共通に訪れます。どんなに社会的地位が高い人であっても、億万長者であっても、誰もがうらやむ絶世の美女であっても、そこからは逃れることはできません。

若い頃は美しかった女性が年老いて輝きを失っていく無常を、良寛はこんなふうに詠んでいます。

これ昔、東家《とうけ》の女《むすめ》、桑をつむ青郊《せいこう》のほとりに。金釧銀朶《きんせんぎんだ》をちりばめ、素手《そしゅ》、柔枝《じゅうし》をひく。清歌《せいか》、哀音《あいいん》を凝《こ》らし、顧面光輝《こめんこうき》を生《しょう》ず。耕す者はその耜《すき》を輟《や》め、息《いこ》う者は頓《とみ》に帰るを忘る。今、白髪の婆《ばば》となり、寤寐《ごび》に嘆《なげ》きなげくのみ。

（それは昔、東隣りに住んでいた娘です。村外れの丘で、腕輪と耳飾りをしているかと思わせるほど美しい白い手で桑の葉をつんでいました。その歌声は哀しく、顔は美しく輝いていました。野良の人は耕す手を休め、ひと休みした人は帰るのを忘れるほどでした。ところが今は白髪の婆となって、覚めていても寝ていても愚痴ばかりです）

この詩は、歳をとって若々しさを失い、それとともに愚痴っぽくなった女性の様子を描いたものです。しかし、昔隣りに住んでいた娘、つまり幼なじみの女性を描いたものですから、単に皮肉っているだけではなく、そこには長年の知人に対する親密さと、同じく老境を迎えた身としての同情が込められていると理解すべきでしょう。「人間が老いていくのは当然なのですから、それを嘆いていてもしかたがないことです。愚痴など吐かずに今を精一杯生きていくべきです」と、自分自身を戒めるつもりで書いたものととらえてよいと思います。

老いることは悪いことばかりではない

高齢になると人間は、若々しさを失うだけではなく、ものの見方や気持ちもしだいに変化していきます。五十代、六十代、七十代のときのことを書いた詩をそれぞれ読み比べてみましょう。

首《こうべ》を回《めぐ》らせば五十有余年、是非得失《ぜひとくしつ》、一夢《いちぼう》の中《うち》。山房の五月、黄梅《おうばい》の雨。半夜蕭々《しょうしょう》として、虚窓《きよそう》に灑《そそ》ぐ。

六十四年、夢裏《むり》に過《す》ぐ、世上の栄枯は、雲の往還《おうげん》。巌根《がんこん》も穿《うが》たんと欲す、深夜の

雨、燈火明滅す、孤窓《こそう》の前。
首を回らせば七十有余年、人間《じんかん》の是非《ぜひ》、看破《かんぱ》に飽《あ》く。往来、跡は幽《かす》かなり、深夜の雪、一炷《ちゅう》の線香、古窓の下《もと》。

いずれも、第二句にそれぞれの年代の気持ちが集約されています。五十代では「一夢の中」だったとしています。人生において起こるさまざまな出来事はみな夢や幻でしかない——これを読むと、五十代の良寛は、世俗とは一歩離れた距離から社会のありさまを批判的な眼で見ていたことがわかります。

六十代では、世の中のことは「雲の往還」のようだったとしています。雲は時間とともにどんどん変化していきます。風にのってすーっと消えて晴れ間が見えたかと思えば、真っ黒な分厚い雲が空を覆い尽くすこともあります。これは実家の橘屋の没落を含む、世間の栄枯盛衰を表現しているように感じます。

そして七十代については、「人間の是非、看破に飽く」としています。人間世界の損得やよしあしはすべて見飽きてしまった——老境にさしかかり、すべてを醒《さ》めた気持ちで見るようになったのでしょう。

これらの詩からは、徐々に世間や他人のことに興味をなくしてゆく良寛の様子がうかがえますが、年配者にはこの気持ちが理解できるのではないでしょうか。若い頃はいろんな情報や出来事すべてに興味があって、常に視線は外に向いています。しかし、いろんなものを見ていくと、徐々に外的なものには興味がなくなってきます。ある程度の年齢になると、俳句や和歌を作る人が多くなりますが、それは外に対する興味が薄れて、自分の中に視線が向いてくるからなのです。

世間に対する興味を失うというとマイナスのイメージが伴いますが、それはある意味で、新しい喜びや楽しみにつながっていきます。良寛も老いの中にわびしさ、寂しさだけでなく、喜びや充足を感じていたとわかるのが、次の詩です。

老病覚《さ》め来《きた》って寝《い》ぬることあたわず、四壁沈々《しへきちんちん》として夜すでに深し。燈《ともしび》に焰《ほのお》なくして爐《ろ》に炭なし。ただ凄涼《せいりょう》の枕衾《ちんきん》に積《つも》るあり。知らず何をもってか我が意《こころ》を遷《うつ》さん。暗《あん》に烏藤《うとう》を曳《ひ》いて、庭陰《ていいん》を歩む。衆星羅列《しゅせいられつ》し、禿樹《とくじゅ》、花さき、遠渓《えんけい》は流れ落ち、無絃の琴をひく。この夜、この情いささか自《おのずか》ら得《え》たり。他時異晨《たじいしん》、誰に向かってか吟《ぎん》ぜん。

（老いの身は眠れません。寝床から見ると天井の四隅の壁が暗くて夜も深いです。行灯《あんどん》に明かりがなく、囲炉裏に炭もなく、掻巻《かいまき》の襟のあたりに寒さが積もります。どうしたらこの寂しさを転換できるでしょうか。しかたなく、真っ黒な藤蔓の杖を引きずって庭に出てみました。満点の星が枯れ木に咲く花のようです。遠くのせせらぎが絃のない琴を奏でるようです。この夜、初めてこのような静謐《せいひつ》な喜びを味わいました。いつの日か、誰がわかってくれるでしょうか)

前半部分は、老いていくことの寂しさが表現されていますが、後半には、老境にさしかかったからこそ感じられる喜びが見事に描写されています。漆黒の闇の中に立つ枯れ木の向こうに満天の星がきらめき、琴を奏でるかのような川のせせらぎが遠くから聞こえてくる……。良寛にとっては見慣れた風景だったはずなのに、歳をとったことでそれがいっそう愛おしく美しいものに見えてきたのです。最後の「誰に向かってか吟ぜん」という言葉は、「共感してもらえる人がいるだろうか?」という他者への呼びかけです。この詩を読むと、「歳をとるのも、それほど悪いものじゃない」という気持ちにさせてくれます。

病を「あるがままのもの」として受け入れる

晩年の良寛は、徐々に病気に悩まされるようになっていきます。とくに虚弱な体質というわけではなかったようですが、何十年も質素な暮らしを続けていれば体を壊して当然です。たまには友人が食べ物を持って来てくれるとはいえ、基本的には托鉢に頼った不規則な暮らしですから、健康状態も万全とはいえなかったはずです。良寛は病気になったときの心細さをこんなふうに表現しています。

四大《しだい》、不安《ふあん》にあたり、累日《るいじつ》、枕衾《ちんきん》に倚《よ》る。牆《かきね》は頽《くず》る、積雨《せきう》の後《のち》、窓は寒し、脩竹《しゅうちく》の陰《かげ》。幽径《ゆうけい》、人跡《じんせき》絶《た》え、空階《くうかい》、蘚華《せんか》深《ふか》し。寥落《りょうらく》、かくのごときあり、何によってか我が心を慰《なぐさ》めん。

（体調不安で毎日枕に寄りかかっています。垣根は雨が続いたために崩れかけ、窓は竹の陰で陽があたらず寒い。人の歩かない小路を訪ねる人もなく、むなしい階段に苔の花が増えました。病によってこのように寂しくなり、どうしたら自分の心を励ませるのでしょうか）

最初に出てくる「四大」というのはアーユルヴェーダの生命観のことです。アーユルヴェーダは古代インドの僧と医者たちが作り上げた医学体系で、そこでは生命の基本をなすものとして、「地大＝骨や筋肉、内臓などの堅い部分」、「水大＝血液、体液など水分の性質」、「火大＝消化吸収や心拍などの体温保持の機能」、「風大＝呼吸を維持する機能」の四つが挙げられています。この四つのうちのどれかが乱れると、人間は病気になると考えられていました。

この詩には、病気のことよりも荒れ果てた草庵の状況が細かく描写されていますが、体調不良で心に不安を感じていたからこそ、草庵がよけいに寂しく見えたのでしょう。「美しい自然や楽しい出来事を詠むのならともかく、わざわざ自分の辛い状況を詩に書かなくてもよいのではないか。それは風流とは違うのでは」と思われる方が多いかもしれません。しかし、じつはこうやって愚痴や悲しみを言語化することも、僧にとっては人生修行のひとつなのです。

病気で苦しんでいてマイナスの感情を抱いていたとしても、それを文字にして表そうとすると、自分の心を確認し、己を見ることになります。文字として書いているうちに、命の現実と、そこから生起する心の変調を自分自身で確認することになる。だから、それも人生修行と言えるのです。

先ほどご紹介した、老いについて詠まれた詩や歌も同じです。寂しさや空しさ、死ぬことへの恐怖が心の中にあることを、良寛は逃れられないものとして冷静に見つめようとしたのです。

病気を人生修行ととらえたところで痛みや苦しみが消え去るわけではありません。しかし、苦しみから逃げない、老いや病をあるがままのものとして受け入れる——という姿勢は知っておいて損はないと思います。それは今を生きる強さにもつながっていくはずです。

一身寥々《いっしんりょうりょう》、枕衾にふける、夢魂幾回《むこんいくかい》か勝游《しょうゆう》を逐《お》う。今朝《このあさ》病《やまい》より起きて江上《こうじょう》に立てば、無限の桃花《とうか》、水に随《したが》って流る。

（この身は寒々として枕に眠りふけっていました。夢の中で魂は何遍もあちこち遊び歩いたのです。今朝、病床から起き上がり小川のほとりに立ったら、たくさんの桃の花びらが川面に流れていました）

この詩は木村家の裏の納屋に住んでいたとき、おそらくは亡くなる前年の春頃に書かれたものですが、この頃にはすでにかなり体調が悪かったのでしょう、寝ている間じゅう熱に浮かされています。朝になってようやく落ち着き、外に出てみると、川には桃の花びらが流れていた——と書いていますが、良寛は流れていく花びらに、やがては自然に還っていく自分の命を重ねて見ていたのかもしれません。まだ死を予感していなかったにせよ、自分自身の衰えをはっきり自覚していたことが感じられます。

逃げようのない現実から眼をそらすな

老いの先には死が待っています。人間は誰でもいつかは必ず死にます。良寛は死というものについてはどう考えていたのでしょうか。彼の死生観を示すものとして、こんな逸話が残っています。

良寛があるお金持ちの家を訪ねたときのこと。その家の主人は「私は名誉も富も手に入れて何も不足はないのですが、ひとつだけ希望があります。百歳まで生きたいと思っているのですが、その方法を教えていただけないでしょうか」と良寛に尋ねました。それを聞いた良寛は「そんなことは簡単です。今が百歳だと思えばいいのです」と笑いながら答えたといいます。補足しておくと、「今が百歳だと思いなさい」というのは、「百歳だと思い込みなさい」という意味ではありません。「今の年齢がいくつであっても、ここまで生かされたことを喜び、感謝しなさい」という意味です。

この逸話を読んだとき、私は、以前ある方が「請求書のような念仏はしてはいけない。領収書のような念仏を心がけよ」と語っていたことを思い出しました。ここで良寛が言っているのも同じことです。「百歳まで生きる方法を教えてください」という問いは請求書的な祈りです。一方、それに対する「今が百歳だと思って感謝しなさい」という良寛の返答は領収書的な祈りです。みなさんは寺や神社に参拝して「願いがかないますように」と手をあわせることが多いと思いますが、本来ならば、「今まで無病息災で生きられたことを感謝します」という気持ちで手をあわせるべきなのです。

文政十一年（一八二八）、良寛が七十一歳のときに、越後三条に大地震[※1]が起こり、千数百人が亡くなります。このとき、ある友人が良寛の安否を心配して店の者に見舞いの手紙を届けさせていますが、それを読んだ良寛は次のような手紙を返しています。

地しんは信《まこと》に大変に候。野僧《やそう》草庵は何事なく、（あなたの）親るい中、死人もなく、めでたく存候。

うちつけに死なば死なずてながらへてかゝる憂き目を見るがわびしさ

しかし、災難に逢う時節には、災難に逢うがよく候。死ぬ時節には、死ぬがよく候。これは災難をのがるる妙法にて候。かしこ

手紙の後半の「災難に逢う時節には、災難に逢うがよく候。死ぬ時節には、死ぬがよく候」（人間は災難に遭うときには遭うし、死ぬときには死ぬ、それを静かに受け入れるべきだ）という部分は、良寛の死生観を端的に示すもので、聞いたことのある人もいるのではないかと思います。

この言葉だけを読むと、あまりに抹香臭《まっこう》いというか、とても一般の人は真似ができそうにない気がしますが、私はこの言葉は、その前の部分があってはじめて意味を持つものだと思っています。前半を読むと、良寛はまず最初に「地震は大変でしたが、こちらは無事でしたし、そちらの親戚にも亡くなった人はいなかったようで、よかったです」と、お互いの無事を喜んでいます。つまりここでは共感を示しています。次に続く和歌では、「ぽっくり死ねばいいものを、長生きしたばっかりにあちこちの人が死んで、こんな悲しい思いをするのです」と愚痴を言っています。そして最後に、「死ぬときは心静かに死を受け入れるのがよいでしょう」という肚のくくりへと続きます。

こうやって通して読んでみると、良寛の肚のくくりは、決して高尚な「悟り」ではなく、「世間並みの喜び」、「愚痴」という人間的な考えがあってこその「悟り」であることがわかると思います。じつはお釈迦様や一休禅師[*2]の説法も、この「共感・愚痴・悟り」の三つが揃っていることが多いのです。人間観としての現実を述べてから、悟りへと話をつなげていく。だからこそ人々はそこに説得力を感じるのです。

また、同時期に良寛は「地震後詩」と題した漢詩も書いています。これを読むと、さらに良寛の死生観が明確になります。長文なので略しながら紹介しておきましょう。

日々《にちにち》日々また日々。日々夜々《やや》、寒さ肌を裂く。漫天の黒雲に日色薄れ、匝地《そうち》の狂風雪を捲いて飛ぶ。濁浪《だくろう》、天を蹴って魚龍漂《ただよ》い、墻壁《しょうへき》、鳴動して蒼生《そうせい》かなし。（中略）世は軽靡《けいび》に移りまことに馳《は》するがごとし。いわんや太平をたのんで、人心のゆるむをや。（中略）大地茫々《ぼうぼう》、皆かくのごとし。我、独り鬱陶《うっとう》として阿誰《だれ》にか訴えん。（中略）大丈夫の子《し》すべからく、志気《しいき》あるべし。何ぞ必ずしも人を怨み、天を咎《とが》めて児女にならわん。

（地震の後、毎日毎夜、寒さが厳しいです。空は黒雲に覆われ、地上は烈風にさらされ、雪まじりに吹き荒れています。津波は天にまで到り、魚さえ空を飛びました。壁は音を立てて鳴り、人々は悲しんでいます。〈中略〉世の中は軽はずみになり、太平に慣れて人心は緩みました。〈中略〉世の中一面にこんな有様です。私は一人で鬱々として訴える人もいません。〈中略〉本物の人間を目指す志を回復しなさい。人を恨み天をとがめる愚か

な人々をまねてはなりません)

この詩で重要なのは、最後の「大丈夫の子すべからく、志気あるべし」からの部分です。そのまま解釈すれば「いくら地震で多くの人が亡くなっても、他人を恨んだり、神を恨んだりしてはいけない」というような意味ですが、先ほどの「今が百歳だと思いなさい」という返答や、「死ぬ時節には、死ぬがよく候」という言葉とあわせて考えると、良寛の死生観がはっきりと見えてきます。つまりはこういうことです。

「老いや病、死、災害から人間は逃げようがありません。だったら、逃げようのない現実から眼をそらさずに、そこに肚を据えて、とにかく今を精一杯大切に生きていくしかない」——これこそが、良寛の死生観です。

ほかにも生や死をテーマに書かれた詩はたくさんありますが、基本的に良寛は、人間は死ぬのが当たり前で、「命」という縁が尽きたときに人は死を迎えるのだから、そこを丁寧に輝いて生き、そして自然に還っていくものだととらえています。

七十四歳でこの世を去った良寛

良寛は七十三歳を過ぎた頃から体調を崩すことが増えてきますが、まだまだ気力は

良寛略年譜（後半生）

西暦	元号	年齢（※数え年）	
1797	寛政9	40	国上山の**五合庵**に住む
1800	寛政12	43	………弟・宥澄没（31歳）
02	享和2	45	五合庵を出て、寺泊の照明寺密蔵院、牧ケ花の観照寺に仮寓
04	文化1	47	………弟・由之、使途不明金のことで出雲崎町民に訴えられる
05	文化2	48	この頃から五合庵に定住

生きざまの疑問❹ 乞食に徹した生き方の理由

07	文化4	50	………三輪佐一没
10	文化7	53	………由之、家財取り上げ所払い処分
11	文化8	54	この頃、詩集『草堂集貫華』成る
12	文化9	55	………妹・たか没（44歳）。歌集『布留散東』成る

生きざまの疑問❺ 他者の苦しみや悲しみへの共感はどこから？

15	文化12	58	………写本『良寛禅師歌集』成る
16	文化13	59	五合庵から**乙子神社草庵**に移る ………鈴木文台らの良寛詩集『草堂集』成る
18	文政1	61	………この頃、大関文仲『良寛禅師伝』、菅江真澄「てまり上人」書かれる
19	文政2	62	長岡藩主・牧野忠精と対面か
24	文政7	67	………妹・むら没（65歳）
26	文政9	69	島崎（和島）の**木村家裏屋**に移る
27	文政10	70	夏、寺泊の密蔵院に仮寓。秋、貞心尼が初めて木村家裏屋を来訪
28	文政11	71	………〈三条大地震〉

生きざまの疑問❻ なぜ、表現し続けたのか

30	天保1	73	夏より病臥、腹痛下痢がひどくなる。年末危篤
31	天保2	74	1月6日木村家裏屋にて没、8日葬儀
34	天保5		………由之没（73歳）
35	天保6		………貞心尼、良寛との交流をまとめた『はちすの露』を編む
47	弘化4		………解良栄重の『良寛禅師奇話』成る

残っていたようで、与板の山田家、地蔵堂の中村家、寺泊の大越家など、旧知の人たちのところを訪れていいます。しかし、やがて旅先で体調を崩して友人宅で世話になることが多くなります。和歌の弟子で心を許す間柄にあった貞心尼のところにも訪問する約束があったものの、それも難しくなっていきます。

ちなみに良寛と貞心尼は、年齢は四十歳離れていますが精神的な友愛関係にあったようで、逢いたくても逢えない貞心尼への切ない想いを、良寛はこんな手紙と歌に綴っています。

先日は眼病の療治がてらに与板へ参《まいり》候。そのうえ足たゆく腸《はら》いたみ御草庵もとむらわずなり候。寺泊の方へ行かんとおもい、地蔵堂中村氏に宿り、いまに臥せり、まだ寺泊へもゆかず候。ちぎりにたがい候事大目に御覧《ごろう》じたまわるべく候。

（先日、眼病の療治がてら与板に出かけましたが、足が怠《だる》くなり、腹も痛くなったのであなたのところへ寄ることができませんでした。寺泊に行こうと思い、地蔵堂の中村家に立ち寄ったところ体調が悪くなって寝込み、まだ寺泊にも行かずにいます。逢いに行くという約束をしたのにそれを果たせなくて申し訳ありません）

秋萩の花のさかりも過ぎにけり契りしこともまだ遂げなくに

（秋も終わりに近づき、訪問の約束も果たせず申し訳ございません）

大切な人との付き合いを確かめたいという人恋しさと、それが叶わないもどかしさがしみじみ感じられる手紙と歌です。七十三歳の夏頃から胃腸の不調を訴えていた良寛ですが、晩秋を迎える頃からは家に閉じこもりがちになり、やがては誰とも会わなくなっていきます。そして十二月二十五日に、ついに危篤の知らせが弟の由之と貞心尼のもとにとどきます。

二人はその日のうちに良寛の庵に駆けつけますが、このときは病床の身でありながらも、弟に詩を贈ったり、貞心尼と唱和を行っています。亡くなる直前まで良寛は自分の心を言葉で確認しつづけたのです。そして年が明けた一月六日、七十四歳の良寛は、由之や貞心尼に見守られながら、座したままで息を引き取ります。

辞世としては、正月の五日に親しい知人や友人たちに対して「この世の形見に」と述べて書いた次の歌が知られています（似たかたちの二首が伝わっているので並べて紹介します）。

形見とて何か残さん春は花山ほととぎす秋は紅葉《もみじ》ば
形見とて何残すらむ春は花夏ほととぎす秋はもみぢ葉
（今生《こんじょう》の別れに臨んで、親しいあなたに形見を残したいが、何を残したらよいでしょうか。残すとすれば、春は花、夏は山のほととぎすであり、秋はもみじ葉の、美しい自然そのものこそ、私の命として残したいものです）

良寛一代の傑作ともいわれる名歌ですが、この歌からも人間は自然の一部であり、そこに命が還っていく——という良寛の死生観が見て取れます。

死ぬ直前まで表現を続けた理由

こうやって良寛の晩年を振り返ってみると、死ぬ直前まで歌や詩を詠み続けたことに、ただただ驚かされます。現在残っているものだけを見ても、漢詩約五〇〇首、和歌約一四〇〇首。後世に伝わらなかったものをあわせると、おそらくはもっと莫大な数になるでしょう。なぜ、良寛はそこまで表現することにこだわり続けたのでしょうか。
まずひとつとして、三峰館時代から中国の古典を学び、のちに和歌、なかでも万葉集に傾倒し、人間の根源について言語化することに深く共鳴していたという理由が挙げられます。つまり、詩や歌を作ることが何より好きだったのです。

そしてもうひとつには、禅・仏教において、心の中を言語化することが修行のひとつと考えられていたからです。インドの哲学では「知る」ということは「なる」ことであるとされています。たとえて言えば、「愛とは何か」を知るためには、誰かを愛する立場になってみる必要があります。実際に体験することではじめて、愛というものを知ることができるのです。

では仏教の到達点である「悟り」を知るには、どう「なれ」ばいいのでしょうか。悟りの対極にあるのは「のぼせ（エゴや欲望）」です。ということはエゴや欲望の働きだす以前の「寂静な状態に戻る」のが悟りを知るということになります。ちなみにエゴや欲望は、私たちが生まれながらにもっているものではありません。この世に生まれてきたときは、誰しもが汚れのない清らかな「寂静」の状態にあります。しかし生きる中で私たちは汚れを少しずつ身に付けていきます。つまり大人になるにしたがい、人間は寂静から離れていくことになるわけです。そう考えていくと、汚れる以前の自分に戻ることが「悟る」ということになります。そう、こころの気づきで時間を遡って「汚れる前の状態」に還るのが仏教修行なのです。

四十年前、行脚《あんぎや》の日、辛苦《しんく》、虎を画《えが》けども猫にだに似ず。如今《にょこん》、嶮崖《けんがい》に手を撒《はな》ちて看《み》るに、ただこれ旧時《きゅうじ》の栄蔵子《えいぞうし》。

（四十年前、禅の修行に歩き回った日には、努力して虎を描いても猫にさえ似ていませんでした。今になって崖っぷちで手を放してみたら、何のことはない、子どもの頃の栄蔵のままでごまかしようがないし、それこそがあるべき真実そのものだったなあと思います）

この詩は良寛が晩年に、修行時代を振り返って詠んだものですが、これを読むと良寛は「汚れる前の状態（ごまかしようのない自分）に戻ることが悟りである」ということに、気づいていたことがわかります。

では、汚れる前の自分に戻るためには、何をすればいいのでしょうか。まず必要となるのが「自覚」です。心の汚れを消すには、自分の内面を見つめてどこがどう汚れているのかに気づかなくてはなりません。滝に打たれたり険しい山を歩いたりすることが仏教修行だと思っている人もいますが、そんなことでは汚れは見えてきません。

汚れを自覚するためには、自我への「批判眼」を持つことが大切です。批判には感覚ではなく論理的な思考が必要となります。論理は言語なしには生まれませんから、悟り

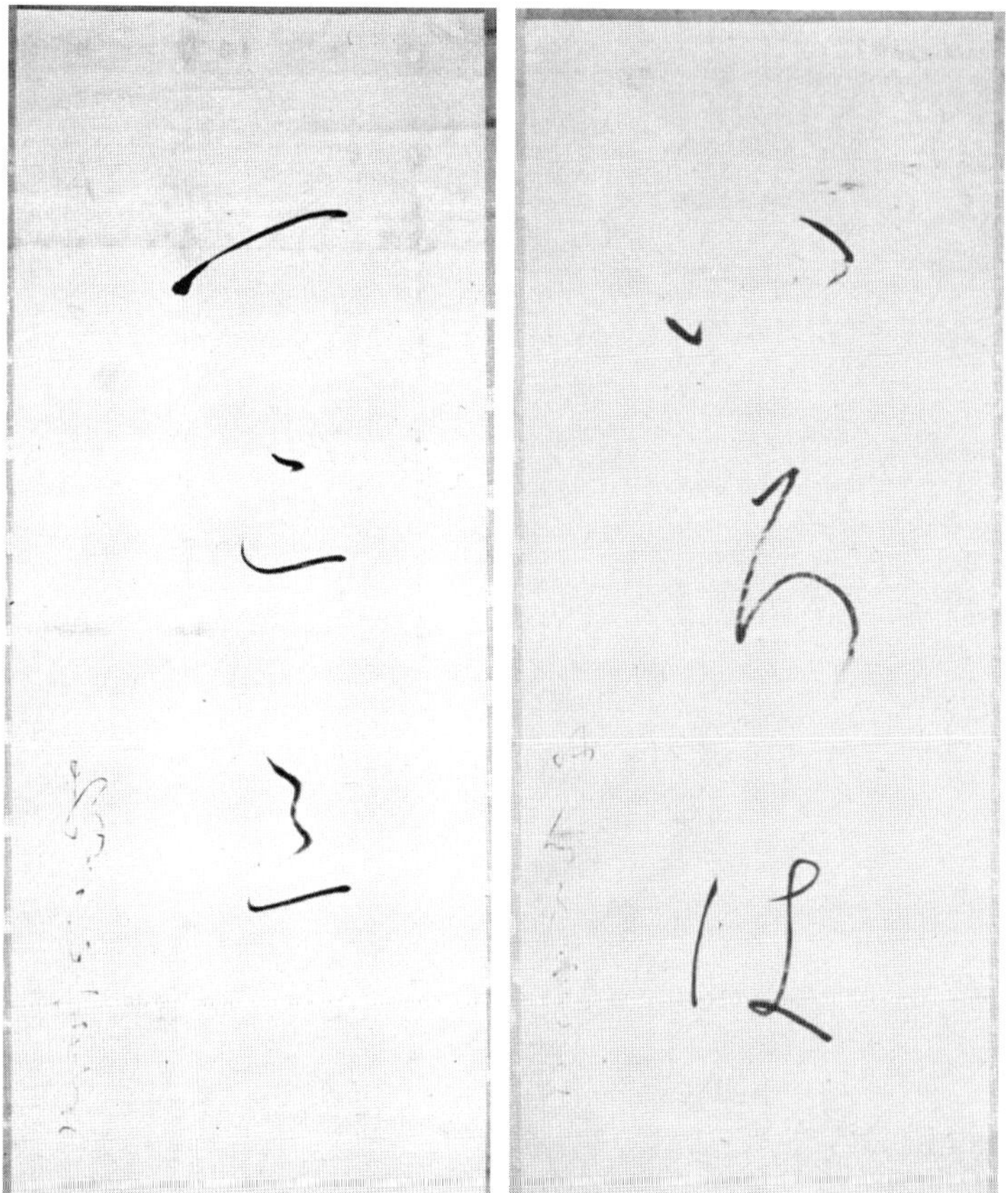

良寛の書。「いろは」の後にはすべての文字が続き、その組み合わせは無限。「一二三」も同様に無限な数の出発点。あらゆることの「基本の“き”」が大事ですよ、という良寛のメッセージか（個人蔵、撮影／遠藤純）

へと到達するためには、心の中を言語化していくしか方法はないのです。こうした悟りの本質を、体験や知識のなかで会得していたからこそ、良寛は生涯にわたって詩や歌を作り続けたのです。

生前、良寛は清貧を貫きながら生きる自分の姿を民衆にさらすことで、どん底から世の中を照らし、人々に「人間の座標軸」を示そうとしました。亡くなった後は、良寛に代わって作品がその役目を果たしてくれています。良寛の詩や歌を読むことで、私たち後世の人間は感動し、「人間の本質」に気づかされることになります。厳しい競争社会、経済至上主義の風潮の中で、ともすると「自分（人間の本質）」というものを見失いがちなのが現代です。こんな時代だからこそ、良寛に注目する意味は大きいと私は考えます。

＊1　越後三条の大地震

マグニチュード六・九、直下型の地震で、死者千数百人、負傷者千四百余名、倒壊家屋一万三千余軒の甚大な被害を出した。

＊2　一休禅師

一三九四〜一四八一。室町時代の禅僧。臨済宗。京都五山で修行した正統的な高僧である一方、自ら「狂雲子」と号し、女犯肉食を行うなど、行動は奇矯にわたった。その根底には仏教の形式化・堕落への厳しい批判があったという。

ブックス特別章

良寛さんの仏教理解

注を入れたくなる「良寛詩」の魅力

良寛研究の難しさは、漢詩における良寛さんの「経典理解」と「禅」の学びの広さと深さが、並の学識ではないために、その解釈や味わい方になかなかついていけないことにあると言えます。そのために、経典や禅に関する詩を後回しにして、わかりやすいところだけを読もうとしてしまい、心情を歌った言葉もつい表面的理解に流れてしまうのだろうと思います。

これに対して、なんでもかんでも、先行する仏教学や、禅学の解釈に当てはめて説明しようとする研究もあります。しかしそれでは、初心者や、「無心」を読み取ろうとする人にはかえって障害になるということも起こるわけです。とくに、「禅学」関係の先輩がたの著書には、そうしたきらいがあり、繁雑になってしまう傾向があります。

そういう研究書を見ると、良寛さんの作品に、経典や禅籍（禅に関する書籍）の術語などを注のように付加しているものがかなりあります。明治時代の早い時期に、墨書で筆写された良寛さんの詩へ注のような書き入れを施した構成です。

注を入れたくなるほど、良寛さんの詩に魅力があったということなのでしょう。しかしそうすると、良寛研究の対象には、良寛さん自身の文と、後から付加した文とが混じっているということになります。それが研究者たちを大いに悩ませたわけですが、その上で、研究者たちは苦心して良寛さん自身の作品を『全集』などに編集してくれたのです。

こうした先人たちの努力によって、今日の我々は良寛さんの精神世界を垣間見ることができるわけです。

良寛さんの仏教は「悟りから庶民信仰まで」

良寛さんの求道は「生き方学」の「求道」です。

仏教には「仏教哲学」や「宗学」といわれる教理学がありますが、そのめざすところは、特別で神聖な「ちから」を信じ、それに任せるという信仰ではなく、「今・ここで・自己が」愚かさやこだわりから「脱落《だつらく》」して「せいせいと生ききる」ことです。そうした静寂な心を信じられることです。良寛さんは、そのことが心底わかっていたのだと思います。そうした禅的な生き方を円通寺で国仙和尚から学び、禅籍を相当量読んだのでしょう。

戦乱の時代が終わり、江戸幕府は元禄の頃に学問復興政策を打ち出します。その頃から、一部の学者が道元禅師の著書の注釈や刊行を試み始めます。当時は、幕府の許可がなければ本の刊行はできませんでした。そうした動きの中で、永平寺や金沢の大乗寺系の人たちが全国を歩いて道元禅師の著書を捜し、永平寺版『正法眼蔵』の開版にこぎつけます。

玉島の円通寺は、大乗寺・月舟《げっしゅう》宗胡《そうこ》の弟子の徳翁《とくおう》良高《りょうこう》禅師が開山です（22ページ参照）。つまり、そうした動きの最中にある円通寺には「一切経」があり、道元禅師の著書もあったということでしょう。円通寺を作ったのは倉敷の廻船問屋などの財閥ですから、主要な仏教書を集める力があったのだと思います。ですから、『正法眼蔵』の「愛語」の良寛さんによる書写（後述）や、同じく道元禅師の著書『永平録』に触れた良寛さんの漢詩「読永平録」があるのは、当たり前のことではなく、大変幸運なことであったわけです。

そういう視点から良寛さんを読むと、良寛さんの「言語化」が、仏教の、道元禅の、そして漢詩や和歌の「言語化」という精神文化を引き継いで花開いたことがわかります。「無心」や風流・孤高の世界が、深い文化的伝統の上で、良寛さんという個性に花開いたことがわかってくるわけです。

このような視点から良寛さんの生き方や詩を見ると、理論としての「学」にとどまることなく、生き方学として徹底していることがよくわかります。以下、いくつかポイントを挙げながら、良寛さんの詩をご紹介していきましょう。

現世への疑問

昨日《きのう》の是《ぜ》とせし所、今日《こんにち》亦《ま》た非《ひ》とす。今日の是《ぜ》とする所、焉《いずく》んぞ昨《きのう》の非《ひ》に非《あら》ざるを知らん。是非《ぜひ》に定端《ていたん》なく、得失《とくしつ》、預《あらかじ》め期《き》し難《がた》し。愚《ぐ》なる者は其《そ》の柱《ことじ》に膠《にかわ》し、何《なん》ぞ之《ゆ》くとして参差《しんし》たらざらん。智有るものは、其の源に達し、逍遥《しょうよう》して且《しばら》く時を過ごす。智愚《ちぐ》両《ふた》つながら取らずして、始めて有道《うどう》の児《じ》と称《しょう》す。

（世間的な是だの非だのという対立は、場当たりなご都合でしかない。愚かな人は正義を固定化するから食い違うのだ。賢い人は物事の本質を見、ゆったりと生きていく。賢さにもとどまらず愚かにも落ちず、自由にせいせいと生きるのが本当の道を生きる人ということであろう）

ここでは、良寛さんが「心の余裕こそが悟り」だと確信していったことがわかります。特に、名主の家に育ち、出雲崎という地方政治の現場・渦中にいた立場から、ここに述べられた「是非」という視点は、実感のこもったものだったろうと思います。この視点は、日本の最初期の文章である聖徳太子の「十七条憲法」に通じ、また、中国や日本でも多くの人が語ってきたものです。

庶民的信心の側面

①お盆の供養を喜ぶ

母去って悠々、父も亦《また》去る。悽愴哀惋《せいそうあいえん》、何ぞ頻々《ひんぴん》たる。（後略）

（母は逝った。父もまた京都で逝った。悲しみや嘆きがなぜもこう次々と起こるのでしょうか）

この「中元の歌」という詩では、母や父、そして伯母や叔母も亡くなったことを述懐し、お寺が荘厳に飾られ、僧侶たちが慇懃《いんぎん》に読経し、雨が地を潤し、芭蕉の影が爽やかになり、亡き人の霊たちが安らぎに落ち着くだろうと歌っています。

②庶民の仏事

与板の香積山《こうしやくさん》徳昌寺で、藩主井伊直経《なおつね》公が施主となって、新亡の「施餓鬼《せがき》（施食《せじき》）会《え》」が修行されたことを聞いて喜ぶ詩もあります。「恭《うやうや》しく香積精舎《こうしやくしょうじゃ》に於《おい》て無縁供養を行うと聴き、遥かに此の作有り」と題された、お盆に新たな死者霊、特に事故や災害による死者霊を供養する読経についての詩です。良寛さんは、こうした庶民の仏事をとても喜びます。それは、このような仏事では悲しみが基本にあり、単に儀礼として行う供養ではないからです。徳昌寺は、良寛さんの父である以南の実家の菩提寺です。良寛さんの葬儀が行われた寺でもあり、今も良寛さんの葬儀の香典帳が残されています。

③民衆への説法の「本物」を喜ぶ

良寛さんは「人々の救いとしての仏教」を求めていました。次の、「余、鉢を持して新潟にいたり、有願《うがん》老人の白衣舎《びゃくえしゃ》に説法するに逢ふ」と題された詩を読むと、良寛さんの仏教が、庶民的な供養や信心説法を喜んでいることがわかります。

狗肉《くにく》を割《さ》かんとして、当《まさ》に陽《いつわ》りて羊頭《ようとう》を掛《か》くるに似たり。借問《しゃもん》す、臭《しゅう》を逐《お》ふ者、優々《ゆうゆう》として、卒《ここ》に休々たるを。

（有願さんが、在家でお説教をするというので、列席してみた。その話は庶民の感性に合わせて）羊頭狗肉のように見せかけつつ、本物の仏法（羊頭）を語っている。そこで訊こうじゃないか、卑近な信心の臭いを求める人も、ここで安心に満たされるのではないかと）

④恵比須・大黒やダルマの起き上がり小法師などを歌う

君は釣竿《つりざお》を、我は金槌《かなづち》を擲《なげう》ち、暫時《ざんじ》、相い逢《お》うてまた賓《ひん》となる。知らず、この中《うち》、何事か語る。古々々了《くくくくらう》、新々々《しんしんしんしん》。

（福を招く恵比須は釣竿を、大黒は槌を放ったままで、二人揃ったら、福を招けと祭られてしまいました。しかし、人は知らないでしょう。そのお厨子《ずし》の中で、二人は招福なぞ関係なく、話を楽しんでいます。ククククッと笑いあっているのです。笑いこそ福の元）

良寛さんが招福のカミさまを楽しんでしまうのは、肩の力が抜けているからでしょうね。

⑤「十念」の意味

西方安楽国《さいほうあんらくこく》、南無阿弥陀仏《なむあみだぶつ》。一念《いちねん》、また十念《じゅうねん》、往生《おうじょう》、何の疑う所ぞ。

（西方十万億土の浄土においでになられる阿弥陀仏様に帰依します。一回の念仏も、十回の念仏も阿弥陀様に届いていますから、阿弥陀様のもとに行くことができることは疑いようがありません）

この「阿弥陀仏の歌」では「一念、また十念」といいますが、「お十念」は浄土宗にある大切な念仏で、良寛さんはそれが有り難いといっています。

「自己」を探す修行

①人は死ぬ、我も死ぬ――「髑髏讃《どくろさん》」

凡《すべ》て縁従《えんよ》り生ずる者は、縁尽くれば滅す。此の縁何従《いずこよ》り生ずる。又前縁自《ぜんえんよ》り生ず。第一最初の縁、何従り生ずる。此に至りて言語道断《ごんごどうだん》、心行処滅《しんぎょうしょめつ》す。（後略）

（存在するものは全て条件の集まりから起こるのです。だから、条件が変わればものごとは変化します。そしてその条件の集まりは、前の条件から生起するのです。では、最初の縁はどこから起こったのでしょうか。そこまで観察したら、概念やこころは行き詰まり、空想を放棄するしかありません〔だから今の事実を大切にするしかないのです〕（後略））

この「髑髏讃」という詩は、わが「命」はいつ始まったのかという問いから始まります。それは過去の縁から始まった、そして縁が尽きれば、皆髑髏になるのだ、それが真理だ――という漢詩です。

これは、難しい仏教哲学ではなく、存在の根源に関する普遍的な視点です。現実を見るという良寛さんの目線のありかたがよくわかります。

②「善悪・因果」についての人間論

良寛さんの仏教理解が、特別な「宗派の哲学」ではなく、基本的な生き方学としての仏教であることがわかるのは、「善悪・因果」について書かれた以下の詩です。

善をなす者は升進《しょうしん》し、悪をなす者は沈淪《ちんりん》す。升・沈、早《つと》に待つあり、因循《いんじゅん》して辰《とき》を過すなかれ。苦《はなは》だしいかな後来《こうらい》の子《し》、愚《ぐ》の富み賢《けん》の貧しきを見、善悪の報いなしといふ。箇《こ》は是《こ》れ、極癡《ごくち》の人のみ。因果《いんが》に三世《さんぜ》あり。影の其の身に随ふごとし。ただ、業《ごう》の軽重《けいじゅう》をおうて、遅速《ちそく》の報い均《ひと》しからず。君に進む能《よ》く信受《しんじゅ》して、外道《げどう》の倫《みち》に学ぶなかれ。

この詩は訳すよりも、噛《か》み砕いて解説しておきましょう。

仏教の基本は「縁起」の理です。それを時間的にみれば「因と果」の関係になります。とくに物事は、関係性による「原因」と「諸条件の助縁」とが綾織りなして、次の「果」を導きます。

そうした関係性を背負いつつ、かつ主体的に選んでゆくのが「因果の理」です。だから当人は「責任主体」として生きるというのが、仏教の基本的生き方学なのです。

それなのに、悪人が栄え、善人が苦しむのを見て、多様な縁を目先だけで判断して「善い」あるいは「悪い」と決め付けるのは間違いなのです。過去の多様なご縁を「責任主体」として頂きつつ、そこを「善かった」にするのはあなた自身の生き方にある――そのことが問題なのであり、善悪・幸不幸などを目先だけで判断して決めつけず、そこで「善かった」にすることが大切なのです。

これは、仏教としてはごく基本的な人間論です。しかも、縁起・因果の基本は生命の縁起・因果にあります。その上に社会と行為と心の縁起・因果が成り立ち、それらを頂きつつ選ぶのが「生きる」ということですから、ここで良寛さんが詠む善悪・因果は、世間の人々の狭い理解を批判しつつ、実は自己の「縁」も、この視点から見ているのだと理解すべきでしょう。そして、良寛さんの修行は、一般論としての仏教をきちんとおさえていることがよくわかります。

③静慮

我、昔静慮《じょうりょ》（坐禅）を学び、微々《びび》として気息《きそく》を調《ととの》う、此《か》くのごとくして歳霜《さいそう》を経《へ》、殆《ほとん》ど

寝食を忘れるに至る、たとい安閑《あんかん》の処を得るも、蓋《けだ》し修行の力に縁《よ》る。争《いか》でか如《し》かん、無作《むさ》に達し、一得《いっとく》、即《すなわ》ち永得《ようとく》ならんには。

（わたしは昔〔円通寺で〕坐禅を学び、呼吸を調えました。このようにして何年も工夫して寝食も忘れそうでした。もし、静かな安らぎの世界を得たとしたら、それはこの修行の力に違いないのです。どうしてそうなったかと言えば、無心に達してみたら、そのたった一つの体得が、そのまま永遠にあらゆる場面に働きだしているからでしょう）

この詩では、良寛さんの柔らかさや、胆《はら》のすわりが、天然の性質だけによるものではなく、個性のもつ力が、学びや修行で形になったのだと言っているように思います。

④真に「脱落」をもとめた良寛さん

「憶う、円通に在りし時」（23ページ参照）という詩では、「柴を運ぶときは龐公《ほうこう》の生き方を思い、臼《うす》で米を搗《つ》くときは老盧《ろうろ》のことを思っていました」と詠んでいます。

さらに「仙桂和尚は真の道者」という詩では、悟りを求める僧たちに供養し続ける典座《てんぞ》（台所）和尚の仙桂さんのことを思い出して「人に奉仕する」ことの意味に気付かされ、奉仕に生きる「生き方」の意味を再発見した喜びを歌っています。

そして、「四十年前、行脚の日（中略）ただこれ旧時の栄蔵子」（112ページ参照）という詩においては、「頂いた命のままが尊かった」という自己存在の原点に帰ることこそが禅の目指す所だった、という視点に開眼したのです。

⑤今・ここで・さわやかに生ききる道

良寛さんの書で「愛語」は、わかりやすいこともあってよく取り上げられます。

これは、道元『正法眼蔵』の「菩提薩埵四摂法《ぼだいさつたししょうぼう》」巻のなかで「愛語」という実践項目について述べた部分を書写したものです。ブッダの教えの中に「慈・悲・喜・捨」の四無量心がありますが、それが行動化すると、「布施・愛語・利行《りぎょう》・同事」（持っている人は持たざる者に分かち与える／慈愛から起こる言葉／人を助ける行動／相手の立場に合わせて行うこと）という生き方学になります。

禅は生き方学ですから、この四摂法を重視しています。これらは、上の者が下の者を助けるというような「上から目線」の慈悲ではなく、他者の痛みが自己の痛みであり、他者の喜びが私の喜びになる、という人間論です。その意味で、良寛さんの「どん底目線」に直結しているわけで、良寛さんが学んだ道元禅師の多くの言葉のなかからとくに「愛語」を書写していたことには、重要な意味があると思います。

ちなみに、良寛さんはこの「菩提薩埵四摂法」を読んでいるはずですが、そのなかには、良寛さんが好きそうな「お酒」についても書かれています。それは、「同事」という実践項目についての説明です。「事」は態度とか服装のことですから、同事とは「相手に合わせる徳」のことです。その説明として道元さんはこう言います。

同事といふは、不違《ふい》なり。自にも不違なり、他にも不違なり。（中略）かの琴・詩・酒は人を友とし、天を友とし、神を友とす。人は琴・詩・酒を友とす。琴・詩・酒は琴・詩・酒を友とし、人は人を友とし、天は天を友とし、神は神を友とすることわりあり。これ同事の習学なり。

（相手に態度を合わせるというのは、さからわないということです。相手にも自分の心にもさからわない自由さです。〔中略〕琴や酒や詩は、人と共感しあいます。人と人も、カミとカミも共鳴するところに輝きあい、喜びを友にするのです）

これは、真実は真実に共鳴し、自適するという意味です。このような道元禅師の言葉に触れて、良寛さんはきっと喜んだのではないかと思います。

「地獄を生きる」仏教に徹する

良寛さんの禅の学びの形跡は、いくつかの詩に見ることができます。そのなかでも次の詩は、国仙和尚の講義で学んだ可能性があります。

此《ここ》に、一顆《いっか》の珠《じゅ》有り。終古《しゅうこ》、人の委《す》つる無し。色は玄黄《げんおう》と異《こと》なり、形は、方円《ほうえん》の比《ひ》に非《あら》ず。輪王《りんのう》、鎮常《とこしなえ》に護《まも》り、親友《しんぬ》、邂逅《かいこう》して指《ゆび》さす。人有《ひとあ》って、如《も》し相問《あいと》わば、為《ため》に報《ほう》ぜん、祇這《ただこ》れ是《こ》れと。

ここでいう「一顆の珠」とは「法華経五百弟子受記品《じゅきほん》」にある話で、内容は以下のようなものです。

ある男が旅の途中で貧乏して親友を尋ね、一夜の宿を得ました。翌日の早朝、親友は旅に出なければならず、友の助けになるようにと、寝ている男の衣の裏に宝珠（宝石）を縫い込んで出かけました。そうして男は目覚め、その後、宝珠のことを知らないまま苦労して生きることになります。年月が経ち、後に男は親友に出会います。そのとき、男は親友から指摘されました。「君の万が一の時のために衣の裏に宝珠を縫い込んでおいたのに、気が付かなかったのか」と――。

この宝珠とは仏性のことであり、人は皆、あるがままに尊いという意味です。まさにヒットソング「世界に一つだけの花」に通じます。「祇這れ是れ」とは、「今・ここ・あなた自身のあるがまま」が掛け替えがないという意味です。

良寛さんの作品のなかには法華経をたたえた詩（偈《げ》）があり、この詩はその一連の偈の中にあるようですが、これは、『正法眼蔵』にある「一顆明珠《みようじゆ》」という説法に関連しているとみることもできます。道元は「一顆明珠」で以下のように述べます。

玄沙師備《げんしやしび》は、もともとは中国・福建省あたりの漁師でしたが、突然出家しました。旅の途中で爪先で蹴《け》つまずき激痛が走り、痛みは外からくるのではなく縁によって突然に生起する、だったら命についての答えは外にはないと悟り、師の元に帰りました。

命も、ものごとも「縁」の集まりで現象している以上、あるがままの事実のところで、そこを「よかった」にするのが「生きる」ということです。そして、後に玄沙師備は、全世界は「一顆明珠」だという説法をしました。それを聞いた修行僧が、それはどのように理解したらよいのかと質問します。師備は「世界中が一個の透明な玉の中にあるのだから『事実そのもの』だ、説明なんかできない」と答えます。翌日、師備は質問した修行僧のところに行って、「君、どう理解したかね」と聞きます。修行僧は「（自分も含めて）世界中が一個の透明な玉の中にあるのだから、解釈なんかできません」と答えます。すると師備は、「わかった、君は地獄で生きていく（黒山鬼窟裏に向かって活計をなす）力がついたなぁ」と修行僧を褒めました――。

つまり「一顆明珠」とは、「腹の底までまるみえなのだから、そこでごまかさず生きていくしかないだろう」という胆の決め方のことなのです。

法華経の明珠のように「今・ここ・あなた自身」のありようが真実ですよ、という言葉は、あなたのありよう自体が真実ですよ、ということと、同じことなのです。

さて、ここまで考察してみると、先に示した良寛さんの詩の「今・ここ・あなた自身のまま（祇這れ是れ）が真実なのですよ」という視点は、たとえばガンになったとしたら、ガンになった身そのままであなたがまっさらに輝くのですよ、という意味になり、その後の良寛さんの生き方に通底するということが明白になるわけです。

この詩だけから読むと「一顆明珠」は、「あなたは尊い仏の命を生きているのですよ」という平板な読み方に終わる危険がありますが、『正法眼蔵』を踏まえて読むと、現実の苦悩の場であなた自身が「明珠」として輝くのですよ、というように読めるわけです。

そうすると、良寛さんのその後の生きざまが、明確になってくるように思えるのです。良寛さんの「地震後詩」（105ページ参照）や、ボロをまとったまま逃げなかった生き方、そして僧として乞食に徹して生きたことも、子どもたちと遊ぶ精神世界についても、そこで輝くことで、自己に充足していた、つまり逃げなかった生きざまの意味が見えてくるように思うわけです。

＊

そうした良寛さんの禅的生き方は、観音様を歌った詩「観世音菩薩普門品《ふもんぼん》」にもみることができます。

西方安養界《さいほうあんようかい》を捨《す》つるに慣《な》れて　五濁悪世《ごじょくあくせ》に此《こ》の身《み》を投《とう》ず。木《き》に就《つ》けば木、竹に就けば竹。
全身放擲《ぜんしんほうてき》す多劫《たごう》の春《はる》　脚下《きゃくか》の金蓮《こんれん》は水泥《すいでい》を拕《ひ》き　頭上《ずじょう》の宝冠《ほうかん》は塵埃《じんあい》に委《まか》す。

（西方安楽国〔浄土〕に安住していないで、娑婆世界の人間界で働くのに慣れて、煩悩と苦悩に汚れた世界に飛び込んで、相手の苦悩に応じて〔木に就く〕、全生命を投げ捨てて、長い年月〔春〕、その足下では人それぞれが蓮でありつつ地獄の水〔苦悩〕を引きずりつつ〔人々に安心を与えるために〕冠は世俗の埃によごれるのに任せている）

この詩はまさに、「一顆明珠」にも、良寛さんのその後の生き方にも通底しているのです。

生き方としての仏教で迷ったのかも

迷いの中身は「生き方」への迷いか

良寛研究における大きな謎は、諸国行脚の果てにどこに帰るかで迷ったということです。

友人の大忍魯仙《だいにんろせん》は、国仙和尚の出身地である、武蔵国矢島村（現在の埼玉県深谷市）の慶福寺に入っています（32ページ参照）。それを考えると、良寛さんにどこかの寺に入る道がなかったとは考えられません。まわりの僧からお寺の紹介がなかったとも考えられません。しかし、良寛さんがどこかの寺に入ったというような痕跡は残っていません。紹介しようとしても良寛さん自身がそうした話に乗らなかった――そう考えるのが現実的でしょう。

良寛さんは、単にどこに帰るかということではなく、僧としてどう生きたらよいかと迷っていたがために、行き先に迷ったのだと見たほうがよいのではないかと思うのです。

京都で詠んだ詩には「杜鵑《とけん》、ねんごろに帰れと勧む（ほととぎすは故郷に帰れと私に勧めます）」とあります（33ページ参照）。国仙和尚の遷化《せんげ》（死亡・教化の場をあの世に遷《うつ》すこと）に会って四国に行っていたらしい（弘法大師のお四国巡りをしていたか）とか、京都で臨済宗の本山に学んでいたらしいとか、謎の多い行動を、その視点から振り返って推測してみると、その迷いの中身は「生き方」への迷いだったのではないかと考えられるのです。

その大きな理由は、前の節でみた「一顆明珠」や「観世音菩薩普門品」などにみられる、人々の苦悩の現実に寄り添う「仏の目線」を自分は生きることができるのか、という迷いにあったのではないでしょうか。そんな疑問が、ジワジワと湧いてくるのです。

高野山・伊勢の旅の嵐でどん底意識に徹したか

そういう迷いの中で、良寛さんは高野山と伊勢に詣でます。しかし、折悪しく嵐で、良寛さんはぼろぼろになってしまいます。そのときの、嵐の中を歩く孤独や不安がよく伝わる詩がいくつかあります。

ところで筆者は、過去に乞食《こつじき》旅行を二回試みています。特に二回目は、九州・中津で雨に遭ったのですが、網代笠《あじろがさ》と地下足袋で耶馬渓《やばけい》の谷道を一人歩き、お店の方の親切で濡れた体のままで座敷に上がり、お仏壇でお経を誦み、昼食の供養を頂いた体験があります。

あのときの、孤独と、周りが見えない中で歩くときの心境は、良寛さんが「道に迷う」と言っているとおりです。そういう実感に照らしてみたとき、良寛さんは、嵐の中の旅によって、迷いつつも「お寺に入る」という上昇志向ではなく、「どん底感覚」がいっそう身に付いてくると同時に、人々の視点が身近になったのかもしれない――筆者はそう感じるようになったのです。

そして、糸魚川で病気をして、心ある人々の支援で、長期滞在と療養をすることができましたが、それでも、行く所が見つからないまま郷里に帰るわけです。いや、帰るしかなかったのかもしれません。だから、故郷の出雲崎を通り越して、郷本まで行ったところで、塩焼き小屋を見つけ、持ち主に頼み込んで逗留することになったのでしょう（44ページ参照）。

こうした迷いを引きずった気持ちに決着を付けさせたのが、地元の人たちが声をかけてくれたことではないかと推測できるように思うのです。

精神的にもどん底に行き着いたところからの「開き直り」によって、僧侶の衣は捨てず、しかも托鉢乞食に徹することで「人々のどん底」と、「自由な心」との連鎖による、ブッダの、そして「禅」の、空・無心と、人々のどん底で精一杯輝く生き方を共有する自己を見つけたのかもしれない。そして、それが良寛さんにとって、今まで憧れてきた「精神世界」の実現になっていったのかもしれない――そう筆者は思うようになったのです。もっともこれは、前節で読んだ「一顆明珠」や「観世音菩薩普門品」の詩と結び付いた当面の思い入れではありますす。

「生身の葛藤」を観察し続ける禅的生き方

良寛さんの言葉の魅力は尽きないわけですが、なんと言っても、苦難に出会ってもそれを観察して修行の場にしていることの魅力は、「空の視線」にこそあると言っていいでしょう。

良寛さんが七十一歳のときに、越後三条の大地震が発生します。友人の山田杜皐《とこう》が店の者を見舞いに派遣したときに、その人を待たせて良寛さんは返事を書きます（103ページ参照）。この手紙に書かれた、

①地しんは信《まこと》に大変に候。野僧《やそう》草庵は何事なく、（あなたの）親るい中、死人もなく、めでたく存候。
②うちつけに死なば死なずてながらへてかゝる憂き目を見るがわびしさ
③しかし、災難に逢う時節には、災難に逢うがよく候。死ぬ時節には、死ぬがよく候。

という三つの視点が支え合うことの魅力は第4章でも紹介したとおりですが、このような、①世間並みの視点と、②愚痴と、③悟りの胆のくくりとが共存するところに、良寛さんの悟りが理屈の悟りではないということの魅力が詰まっているのだと思います。

病気についても、良寛さんは徹底的に言語化します。当時の医療は漢方であり、症状から診断

するので言葉で症状を伝達することはたしかに重要です。しかし、それにしても、良寛さんの言語的伝達は徹底しています。その一例が、以下の手紙です。

宗庵老
昨夜五時分丸薬《ごじぶんがんやく》を服候《ふくしそうろう》。夜中四たびうら（厠《かわや》）へ参り候　初めはしぶりて少々くだり二三度ハさっとくだり　四度めハ又少々くだり候　腹いたみ口の中辛く且《かつ》酸《す》く候　今朝ハみなよろしくなり候　今朝はふせり候へて参上不仕候《さんじょうつかまつらずそうろう》　さようにおぼしめし可被下候《くださるべくそうろう》
以上　八月十六日

病状をここまで克明に伝達するところが、良寛さんの表現力の凄さです。また、こんな歌もあります。

ぬばたまの　夜はすがらに　くそまり明かし
あからひく　昼はかはやに　走りあへなくに

「ぬばたま」は夜に掛かる枕詞《まくらことば》で、「あからひく」は昼に掛かる枕詞です。夜は夜で、夜中じゅう下痢が続き、昼は昼で厠（トイレ）に走っても間に合わないというのです。

ちなみに、良寛さんには医者の友人もいました。良寛さんの友人の鈴木文台の系譜から、後に医学校ができ、現在の日本医科大学などの源流となるなど、近代日本の医学に貢献しているといいます。

良寛さん自身は「六十有余多病の僧」と詩に詠んでいますが、あのように質素で、安定しない食生活で七十三歳まで生きたということは、遺伝子がよほど優れていたのかもしれません。しかし、亡くなる二〜三年前からは、体調は徐々に悪くなっていたようです。第4章でも触れましたが、「病起」という詩もあります（101ページ参照）。

一身寥々《いっしんりょうりょう》、枕衾《ちんきん》にふける。夢魂幾回《むこんいくかい》か勝游《しょうゆう》を逐《お》う。今朝《このあさ》病《やまい》より起きて江上《こうじょう》に立てば、
無限の桃花《とうか》、水に随《したが》って流る。

これは、木村家の裏に住んでいるときのことを詠んでいるのでしょう。

木村家の前には小川が流れていました。春の歌ですから亡くなる前年の春のことのようです。寝ていて体力が衰え、起き上がると、何となく足許がしっかりしません。「夢魂幾回か勝游を逐う」というのは、熱か何かで、朦朧としたということでしょう。そして、ようやく起き上がって外へ出てみると、まだ足下も頭もしっかりしません。そんな中で、外の春の空気に触れてみて「無限の桃花、水に随って流る」景色に、自然に帰る自分の命と、移ろいやすい自分の命との両方を、味わっているのかもしれません。

読者自身の「老・病・死」に、良寛的な醒めた視点を重ねて読んでいただければ、良寛さんの世界はいっそう味わい深いものになるだろうと思います。

読書案内

良寛さんに興味を持つ人は、なんと言ってもその「生き方」と「枯淡《こたん》で自由な精神世界」の魅力に惹かれるのであろうと思います。しかも、広汎な教養に裏付けられた言語表現は自由闊達《かったつ》で、かつ臭みのない所が人を引きつけます。その表現は膨大な「漢詩・和歌・俳句・書」であり、それを裏打ちする「逸話」の数々です。さらに良寛さんの心にそれらを「湧きたたせる」のは、友人や親族や地元の人たちと、周りの風物との交流です。

本書の最初に提示したキーワードは、「どん底目線」と「徹底した言語化」です。第一のキーワード「どん底目線」は、名主の長男でありつつ、生涯乞食僧を貫いたことに関係します。そこから世間を見続け、悲しみと苦悩の人々のそばに居続けた視点と連動した「無心・風流」だと言っていいでしょう。しかも、その風流に臭みがないことが、多くの人の心を清めてくれるのだと思います。

それにさらに付け加えるとしたら「禅的な生き方」が「どん底目線」を豊かなものにしたと言うことができるのではないかと思っています。

第二のキーワード「徹底した言語化」については、どうやら親譲りの読書好きが原点にあって、その上に少年時代の学びによる教養と、出家してからの禅籍の学びの縁と、円通寺・国仙和尚の指導による禅的生き方とが連動することによって生じた「内心の言語化」が、ますます良寛さんの精神を透明にし、熟成させていたと言うことができるでしょう。

そういう視点から、良寛さんの世界を読むための読書案内をするということはかなり難しい課題です。なぜなら、良寛の研究書を全部集めるのは至難の業だからです。その理由のひとつは、新潟県を中心にした地方出版の良寛研究書を網羅するのがほとんど不可能に近いことです。そのなかには「良寛さんと病気」、あるいは「良寛さんと女性」など、あるテーマに沿って地元にしかない逸話や伝承、資料を紹介した研究書が膨大に存在しています。

それだけ多くの研究者がいるのは、逆に言えば、①良寛さんの足跡が大変広く、②さらにその生き方の自由さに魅力があって、③地元の人々に言い伝えられている、ということなのだろうと思います。

そうした事情を踏まえつつ、筆者の手の及ぶ範囲で読書案内を致すべく、基本になると思われるものを紹介することにします。

◉伝記・逸話を主体にしたもの

相馬御風著・渡辺秀英校註『大愚良寛』考古堂書店　二〇一五年
新関公子『根源芸術家　良寛』春秋社　二〇一六年
安藤英男『良寛――逸話でつづる生涯』すずき出版　一九八六年
東郷豊治『新修　良寛』東京創元社　一九七〇年
橋本幹子『良寛の精神世界と文学――大愚良寛の研究』考古堂書店　二〇〇二年
松本市壽『良寛のスローライフ』ＮＨＫ出版生活人新書　二〇〇八年

◉作品を主にしたもの

谷川敏朗『校注　良寛全詩集』春秋社　一九九八年（新装版二〇一四年）
谷川敏朗『校注　良寛全歌集』春秋社　一九九六年（新装版二〇一四年）
谷川敏朗『校注　良寛全句集』春秋社　二〇〇〇年（新装版二〇一四年）
飯田利行『定本　良寛詩集譯』名著出版　一九八九年
入矢義高『良寛詩集』講談社　一九八二年（平凡社東洋文庫二〇一六年）
吉野秀雄『良寛』アートデイズ　二〇〇一年

宮　栄二『良寛――その生涯と書』名著刊行会　一九八八年

その他に児童向けの書籍も多いのですが、今回は省いておきます。

良寛さんを日本人に知らしめた相馬御風の名著『大愚良寛』に関しては、最近の復刊を紹介しておきます。良寛さんの漢詩の読みについては、谷川先生のものは、現代人に読みやすい現代的読みにしてくれていますが、他は古典的・仏教的な読みを重視するものが主です。

最近の力作としては、新関公子さんの『根源芸術家　良寛』が、出雲崎という町が幕府と直結していることと、その経済の構造等について解明している点で大変参考になります。

あとがき

「良寛さん」と聞いたとき、何かしらホッコリする人は現代日本人のかなりの割合になるかもしれません。それは鴨長明の『方丈記』や、中国・洪自誠（洪応明）の『菜根《さいこん》譚《たん》』などと共通する「枯淡」な生き方に魅力があるからでしょう。

逆に言えば、「枯淡」な精神世界が求められるほど、現代人は疲れているのかもしれません。また、働き続けてきた企業戦士たちの「こころの終活」の一部であるのかもしれません。

人生の座標軸としての「枯淡」は、日本の文化にはずっとあり続けてきました。茶道もそうした文化が凝縮したものかもしれませんし、松尾芭蕉や、小林一茶のような俳人もそうした精神文化を体現した人たちだろうと思います。

僧侶では一休さんなども、そうした世界を表現した人ですが、表現者として見れば、仙厓《せんがい》さん、白隠《はくいん》さんなどもいますし、西行や、山頭火《さんとうか》などもいます。

そうした精神文化の伝統があったというのは、一部の特異な人だけの世界ではなく、広く多くの人たちが「枯淡」な世界に救いというか「こころの休息」を求めていて、しかも、そうした世界の価値を支える人々という裾野が広がっているからだと思います。そしてそれがまた、次世代の風流人を生み育てる土壌を培《つちか》っているのでしょう。

そこで思うのは、良寛さんの枯淡で風流な世界は最大の魅力ですが、その源泉となる精神が最も不可解だということです。それで特別章では、やや専門的な禅の世界に関係するところを取り上げました。

＊

そして、単に枯淡なだけでなく、良寛さんのように子どもの世界に同化した人はあまりいないと思います。良寛さんの子ども好きなことについては、証拠はないのですが、第3章で「おトリ子信仰」という信仰習俗との関係について触れておきました。

ここまで書いてみてふと思ったことがあります。子ども向きの歌やお話が、明治・大正・昭和期にかけて「赤い鳥」運動にみられるような展開をしてきましたが、似たような子ども文学の伝統が北欧などにもあるようです。それらは、世界的に共通した時代の波としてあったのでしょうか、それともいくつかの文化圏に特有な広がりだったのでしょうか。良寛さん研究を、日本の精神文化史としてそんな視点からも学びたいと思うわけです。

良寛さんの人脈を見るときに「船のルート」が重要だと言っている人がいます。出雲崎は、北海道のニシンや昆布を関西に運ぶ北前船のルートの拠点でもあります。金沢もそうですし、また、円通寺は瀬戸内海の港です。そうすると、国仙和尚の弟子たちもそうした縁と関係しているという説は納得できます。

＊

それから、もうひとつの人脈に「名主」の人脈もあるのかもしれません。良寛さんの詩に「春夜友人と月に歩して田舎に到る途中の口号《くごう》」と題して

朦朧《もうろう》たり春夜の月。手を携えて歩むこと遅々たり。たちまち人語《じんご》の響《ひびき》に驚き。水禽《すいきん》、翼を鼓《う》って飛ぶ。

と詠んでいますが、その友人とは新発田《しばた》の五十公野《いじみの》の大庄屋・斎藤氏のことだといいます。彼は良寛さんの弟の由之の友人だそうです。斎藤氏の家にはよい書籍がたくさんあり、良寛さんはそれを読むために訪ねたというのです。

新発田の駅のすぐ近くの交差点の信号上に「五十公野」という表示があります。良寛さんのいた弥彦あたりからは五十キロ程も北です。もっとも、現在の新潟市まで行った

ことを詠んでいる詩もあるわけで、良寛さんの行動範囲の広さには驚きます。足が痛むという「秋日山行し賦《ふ》して二君《にくん》（二本の足）に贈る」という詩もありますが、江戸時代のこととはいえ、良寛さんの体力は並外れていたのかもしれません。

つまり、良寛さんの人脈は、名主同士の連携も加味してみなければならないということだと思います。

さらに、燕市や山形県酒田市の美術館にも、増田九木《きゆうぼく》さんが描いた「良寛像」があります。秋田の九木さんは良寛さんを尋ねて、数日間逗留してお酒を酌み交わしていたといいます。

＊

今回のご縁で、筆者の良寛さん解釈は少しは熟成したように思います。皆様のご批判と同時に、さらに面白い良寛さん研究が出てくることを祈ってお礼に代えます。

本書は、「NHK100分de名著」において、2015年12月に放送された「良寛詩歌集」のテキストを底本として一部加筆・修正し、新たにブックス特別章「良寛さんの仏教理解」、読書案内などを収載したものです。

装丁・本文デザイン／菊地信義
編集協力／中村宏覚、北崎隆雄、福田光一
図版作成／小林惑名
エンドマークデザイン／佐藤勝則
本文組版／㈱ノムラ
協力／NHKエデュケーショナル

p.1　安田靫彦画「良寛和尚像」（良寛記念館蔵）
p.13　国上山の麓にある乙子神社草庵（撮影／遠藤純）
p.43　良寛の戒語（良寛記念館蔵）
p.69　良寛が約20年を過ごした五合庵（撮影／遠藤純）
p.91　良寛の書「天上大風」（個人蔵。撮影／遠藤純）

中野東禅（なかの・とうぜん）

1939年静岡県生まれ。僧侶。駒澤大学仏教学部禅学科卒業、同大学院修士課程修了。京都市・龍宝寺前住職、曹洞宗総合研究センター教化研修部門元講師。前・可睡斎僧堂西堂。『日本人のこころの言葉 良寛』『読む坐禅』（ともに創元社）、『「ブッダの肉声」に生き方を問う』（小学館101新書）、『仏教の生き死に学』（NHK出版）など著書多数。

NHK「100分 de 名著」ブックス
良寛詩歌集 ～「どん底目線」で生きる

2017年4月25日　第1刷発行
2022年2月10日　第3刷発行

著者――――中野東禅

発行者―――土井成紀

発行所―――NHK出版
〒150-8081　東京都渋谷区宇田川町41-1
電話　0570-009-321（問い合わせ）　0570-000-321（注文）
ホームページ　https://www.nhk-book.co.jp
振替 00110-1-49701

印刷・製本―広済堂ネクスト

Printed in Japan　ISBN978-4-14-081715-5　C0090

NHK「100分de名著」ブックス